El Tren Dorado

· COLECCIÓN ·

El Espíritu del Amazonas
Autor: Celso Román
Colección El Tren Dorado, Quinta estación

© Primera edición 2023
Enlace Editorial. Bogotá — Colombia
www.enlaceeditorial.com
www.eltrendorado.co

Dirección general, Luis Alfonso Rubiano
Dirección global, Alejandra Ramos Henao
Dirección editorial, Nathalia Castañeda Aponte
Edición, Germán Sánchez Pardo
Diagramación, Jimmy Salcedo Sánchez
Diseño de cubierta, Julio Enrique Higuera Monroy

ISBN: 978-628-7593-19-0
ISBN digital: 978-628-7593-20-6

EL ESPÍRITU DEL AMAZONAS

Agradecimiento

Este libro fue escrito en el Amazonas, a orillas del gran Río Madre, en algún lugar secreto de la larga y sinuosa línea del río que toca las ciudades de Iquitos en Perú, Leticia en Colombia y Manaos en Brasil; donde habitaba Morisukio el Amigo del bosque, miembro honorario de la etnia cocama, a quien el autor agradece su hospitalidad y el haber compartido estas historias.

Contenido

Celso Román

Escritor nacido en Bogotá, Colombia, el 6 de noviembre de 1947. Estudió Medicina Veterinaria y Bellas Artes en la Universidad Nacional de Colombia. Gracias a una beca Fulbright, recibió el título de Master Fine Arts Sculpture del Instituto Pratt de Brooklyn, Nueva York. Posteriormente, fue invitado a participar en el Taller Internacional de Escritores (IWP) de la Universidad de Iowa, en Estados Unidos.

Entre las distinciones literarias que ha recibido se cuentan el primer puesto en el concurso de libro de cuentos de la Universidad del Tolima, el Premio 90 años de El Espectador y el Premio Nacional ENKA de Literatura Infantil, con *Los amigos del hombre*. También, el premio de la Asociación Colombiana para la Literatura Infantil (ACLIJ) y el Ciudad de Bogotá, del Instituto Distrital de Cultura y Turismo.

Entre sus galardones internacionales están el premio Netzahualcóyotl, de México, y el Premio Latinoamericano de Literatura Infantil y Juvenil Norma-Fundalectura, que llevó su nombre a la lista de honor de la Organización Internacional para el Libro Juvenil (IBBY).

Comprometido con el cuidado del ambiente, hace parte del Taller de la Tierra, ONG ambientalista que ha recibido los premios Maestro de Maestros, de la Secretaría de Medio Ambiente de Bogotá, por su contribución a la formación ecológica de niños y docentes, y el Chairman's Awards, de Londres, por la campaña "El Cusiana Vive".

Recibió el galardón Egresado Distinguido de la Universidad Nacional en el área de Creación Artística y Cultural, y el Ministerio de Cultura le concedió el premio Crea Digital 2017 por la obra *Choromandó: el origen del gran río*, adaptación de una leyenda embera del Pacífico colombiano.

Entre sus libros más conocidos se encuentran *Expedición La Mancha, Los animales domésticos y electrodomésticos, Los animales fruteros, El Libro de las ciudades, El retorno de los colores, La trilogía de las lunas* e *Hijos de Madre Tierra*, entre otros.

En el año 2018, la Cancillería colombiana lo nombró "embajador cultural de Colombia ante el mundo" por su trayectoria en el campo de la literatura infantil y juvenil.

Los libros de Celso Román pasan del medio centenar, formando un bosque de palabras que crece a la par con los árboles que ha sembrado durante toda su vida, convencido de que el mundo siempre podrá ser un hermoso lugar para vivir.

Capítulo 1

El espíritu de la vida

De cómo Vai Mashé escogió a Morisukio y a varios líderes indígenas.

Contaré aquí las historias de dos espíritus-animales
de la selva amazónica que fueron rescatados
del cruel destino del cautiverio.
Mensaje a las Batatinas Maco y Valen

—No, doctor, salvajes no, silvestres.
Los animales son silvestres;
los salvajes somos nosotros.
Jorge Ignacio Hérnandez C.,
creador de la Red de Parques Nacionales

En la selva del Amazonas, la noche se siente ligeramente fría por la presencia de la Luna. Los espíritus de dos jaguares vagan entre las sombras como fuegos fatuos. Tratan de encontrarse, buscan ayuda con desesperación. Los mueve el amor a la vida y recorren la selva mientras tratan de huir de la tragedia que los acecha.

Las señales de los satélites de comunicación le dan la vuelta al planeta con las noticias que hacen brillar las pantallas de los aparatos electrónicos. Las redes de Internet y los informativos de televisión repican una dolorosa información:

Aún no hay señales de supervivencia de importante ejecutivo desaparecido en la selva amazónica.

La Tierra gira despacio, mientras las luces creadas por los seres humanos marcan el ritmo de las horas.

Al mismo tiempo y desde su refugio en las estrellas, Vai Mashé, el *Espíritu del Amazonas*, busca a alguien en la penumbra. Está preocupado por la suerte de los dos jaguares y el náufrago. Como *Señor de los animales* y gran benefactor de la vida, considera su deber ayudar a los desamparados. Necesita encontrar al hombre llamado Morisukio, el *Amigo del bosque*.

Lo busca por tratarse de alguien muy especial, y sabe que será difícil hallarlo, pues a veces está en una isla del Caribe, de pronto en un helado páramo de los Andes, o quizás ahora se encuentre en la inmensa región por donde se desplaza el Río Madre que los pueblos indígenas ancestrales llaman Paranaguazú, *el gran Pariente del mar*.

Al amparo de los astros, Vai Mashé recorrió la selva con la mirada fija e inquisidora del taumaturgo —el mago dueño de la palabra mágica transformadora del mundo—. Sus ojos recorrieron la Amazonía, semejante a una gigantesca hoja verde cuyo eje central es el Río Madre con sus afluentes imitando las nervaduras menores.

Muchos de los lugares que siempre habían sido sagrados para los indígenas ahora estaban gravemente deteriorados. La gran cuenca amazónica parecía una hoja carcomida por insaciables hormigas mecánicas: eran las bestias gigantescas, los artilugios creados por los seres humanos para devorar sin cesar la piel verde de la selva.

"Mucho sufrimiento hay en nuestro territorio", se dijo a sí mismo el Espíritu desde su alto nicho en medio de los astros.

Se refería a la inmensidad de dos ríos: el Amazonas, que fluye en la superficie, y el Hamza, la *vasta corriente*, mucho más caudalosa, que corre bajo tierra. Uno refleja el sol durante el día; el otro guarda constelaciones en la noche permanente del subsuelo.

Vai Mashé miraba con atención. Parecía buscar una joya diminuta en la arena de una playa; recorrió las sinuosidades del gran río en pos de un brillo especial, donde estaba quien podría ayudarle a salvar a aquellos en peligro.

"Tengo que encontrarlo, debe estar por aquí", se decía Vai Mashé, el *Espíritu del Amazonas* y *Señor de los animales*. Luego, dirigió la mirada a un lugar a orillas de un pequeño río que atravesaba los terrenos del resguardo indígena de la comunidad acupata.

Finalmente, lo localizó y expresó su alegría con una sonrisa.

El destello que buscaba provenía de una pequeña casa de madera, construida muy arriba del suelo, cerca de la orilla del gran Río Madre y sobre un inmenso árbol de higuera amazónica. Para ascender al refugio había tres escaleras, de doce escalones cada una, que bordeaban el tronco hasta llegar al piso de la casa, a la cual se ingresaba por una portezuela de trampa.

En la temporada de lluvias, se presentaba una gran inundación llamada várzea, durante la cual las aguas altas del río se elevaban más allá de los diez metros y anegaban la llanura de desborde hasta veinte kilómetros selva adentro. Era la época en la cual los peces nadaban entre los árboles, alimentándose de frutos y semillas, como si fueran pájaros de un bosque subacuático.

Por esa razón, en época de lluvias y aguas altas, Morisukio, el *Amigo del bosque*, podía llegar en canoa hasta la escalinata más alta y, desde allí, subía a la habitación, donde también disponía de un baño y una pequeña cocina.

En esa alta atalaya lo encontró Vai Mashé, cuando descendió desde las estrellas transformado en una gran águila harpía[1] de la selva. Con el silencioso vuelo de los espíritus de la noche, hizo círculos cada vez más pequeños hasta llegar al balcón de la casa en el inmenso árbol.

El aposento estaba repleto de aparatos e instrumentos que le permitían a Morisukio acrecentar los sentidos: el telescopio, para ver con nitidez lo muy lejano, escondido en la distancia; y el microscopio, que agranda lo diminuto, lo imposible de apreciar a simple vista a pesar de estar tan cerca.

El ave rapaz afirmó sus poderosas garras en la balaustrada de la baranda, donde aún hoy pueden verse las tremendas huellas de las uñas clavadas en la dura y hermosa madera rojiza de macacauba[2]. Desde allí, la penetrante mirada del águila de la selva buscó el corazón de un hombre maduro, de blancos cabellos y encanecida barba. Era Morisukio, quien en ese momento dormía profundamente.

Vai Mashé entró en el sueño del científico, quien recorría un oculto vericueto de la selva donde por fin había hallado a Tocantera, la enorme hormiga bala[3]. La buscaba desde hacía tiempo y trataba de memorizar el lugar para ubicarla cuando despertara en la mañana. Miró a los lados para tener como referencia una gran ceiba y un colosal cedro, pues

---

1 Águila más grande del hemisferio occidental. Su nombre científico, *Harpia harpyja*, hace referencia a las harpías de la mitología griega, monstruos mitad mujer y mitad ave.

2 Árbol de fina madera color rojo marrón, cuyo nombre científico es *Platymiscium trinitatis*.

3 Insecto himenóptero. Su nombre, *Paraponera clavata*, proviene del griego *ponerina*, que significa dolor, y *clavata*, que se refiere a una forma de maza. El dolor de su picadura es treinta veces más intenso que el de una avispa.

su plan era regresar a conversar con la hormiga. Durante el ensueño, el insecto había aceptado revelarle el secreto de su poderoso veneno, cuyo efecto dura todo un día y parece tener una memoria que retorna continuamente y reitera el tormento de su ponzoña.

Estaba en ese sueño cuando el águila le dijo que despertara. Morisukio abrió los ojos y lo reconoció de inmediato:

—¡Vai Mashé! ¡Qué honor tener en mi refugio al gran protector de la vida en la tierra y en el agua!

—Necesito tu ayuda, Morisukio. La vida de muchos de mis hijos está en peligro de perderse para siempre —dijo el *Espíritu del Amazonas* dentro del águila.

—No será mucho lo que yo pueda hacer, estimado Vai Mashé. Como puedes ver, me he retirado a este lugar alejado, pues estoy desilusionado de la gente —respondió Morisukio, incorporándose de su hamaca.

—Me ha costado mucho trabajo encontrarte y requiero tu apoyo, ya que en tu corazón tienes el don de salvar vidas y cambiar destinos, aunque a veces no quieras aceptarlo —reiteró Vai Mashé—. Uno nunca se imagina cuántos seres dependen de cada uno de nosotros en la red de la vida.

—No quiero saber nada de la gente. No me siento hermano de una especie que destruye el planeta que le da sustento. He visto cómo el humano se apodera de los tesoros de la Madre Tierra de una forma tan rapaz, que solo deja destrucción y basura a su paso —replicó Morisukio con expresión de tristeza y desazón en sus ojos.

—No condeno a la humanidad, solo busco a quienes puedan ayudarme a salvar las vidas a punto de desaparecer de este territorio, que es nuestra casa. Estoy aquí para invitarte a una reunión con algunos amigos en el jardín encantado del Curupira —explicó Vai Mashé.

El águila harpía se quedó en silencio y, luego, se transformó en un anciano indígena.

—¡Curaca Alirio! —exclamó Morisukio, sorprendido al ver a su gran amigo, la primera autoridad del poblado de São João de Jandiatuba.

Era un abuelo que con frecuencia le llevaba al científico ranas, lombrices y maravillosos seres extraños de la selva. Él los estudiaba, tomaba fotografías e incluso los dibujaba en detalle, para después devolverlos a la jungla de donde habían venido.

—¡Sí, señor! Todos somos uno solo —respondió Vai Mashé, quien, con aspecto de viejo indígena, demostraba que su poder le permitía tomar la forma de cualquier ser viviente.

Eso sería fundamental para la aventura que se aproximaba, pues cada vez refulgían con mayor intensidad las luces de los espíritus que necesitaban auxilio.

—¿Curupira, mi gran amigo defensor de los animales de la manigua? ¡Me estás invitando a que me piquen las terribles hormigas[4] de tu jardín! —gritó Morisukio con una carcajada estridente.

Se refería a los temibles insectos que tan solo dejan crecer en la selva colonias de un arbusto llamado huitillo[5], para habitar en él. Los indígenas lo consideran huerta de los espíritus y refugio del Curupira.

---

4 *Myrmelachista schumanni* es el nombre científico de las hormigas amazónicas.

5 *Duroia hirsuta*, árbol que crece hasta tres metros. Sus ramas tienen estructuras donde viven las hormigas.

El científico había observado en las ramas de los huitillos unas dilataciones llamadas domacios, donde tienen su hogar los feroces insectos que permanentemente patrullan su entorno. Cuando encuentran cualquier otra planta diferente a la que les sirve de hogar, le inyectan el ácido fórmico de su ponzoña para eliminarla.

—Curupira está precisamente esta noche diciéndoles a sus hormigas que permitan nuestra reunión contigo y los demás invitados —especificó Vai Mashé.

—¿Otros invitados? ¿Y se puede saber quiénes son? —preguntó Morisukio, picado por la curiosidad.

—Ya están en camino varios sabedores y portadores del conocimiento. Vendrán curacas, chamanes, payés, hechiceros, brujos y curanderos de diferentes comarcas del planeta, todos preocupados por el destino de la Tierra.

—¿Y mis hermanos del pueblo cocama? —quiso saber el científico.

—¡Claro que también están invitados! —explicó el *Espíritu del Amazonas* y *Señor de los animales*, pues sabía que Morisukio había sido acogido como miembro de esa comunidad por su trabajo de varios años con los indígenas.

—Y... ¿para cuándo está pensada la reunión? —dijo el hombre, mesándose la barba.

—Ya todos están listos. Nos esperan en el jardín del Curupira, pues ya llegan los espíritus que más nos necesitan en este momento... ¡Por eso debemos partir de inmediato! —exclamó Vai Mashé, con un notorio dejo de aflicción que conmovió el corazón de Morisukio.

En seguida, volvió a recuperar la feroz apariencia de águila harpía, mostrando amenazador su afilado pico y abriendo su corona de plumas moteadas de gris.

—Pero... el jardín del Curupira está selva adentro... ¿Cómo voy a llegar hasta allá? —confesó Morisukio con la duda en su rostro.

—Eso no es ningún problema, querido amigo. Esta noche tendrás las alas de Buteo, el gavilán[6], para que vayamos volando. ¡Yo te mostraré el camino!

Vai Mashé lanzó un conjuro con el grito estridente del águila, que transformó a Morisukio en una hermosa ave rapaz de pecho jaspeado de gris y alas rojizas, que voló de inmediato al balcón para posarse al lado de la harpía.

—¡Vamos! —dijo la enorme ave rapaz de la selva, deslizándose con un fuerte aleteo por entre las copas de los árboles, seguida por el vuelo rapidísimo del gavilán Morisukio.

La luz de plata de la luna los hacía ver como dos espíritus fosforescentes rumbo al jardín del Curupira, por donde ya rondaban los espíritus de los animales en peligro. Acababa de empezar la gran aventura que cambiaría para siempre la vida de Morisukio, dándole un sentido tan profundo como él jamás lo había imaginado.

---

6 El gavilán pollero, *Buteo magnirostris*, es un ave rapaz de color gris parduzco y pecho gris pálido. Por debajo es blanco. Las plumas de su cola son blancas. El iris de sus ojos es amarillo claro, así como su cara y sus patas.

Capítulo 2

El jardín del Curupira
Un lugar donde ocurren sucesos extraordinarios que quedarán en la memoria de la selva.

La libertad, Sancho, es uno de los más preciosos dones que a los hombres dieron los cielos; con ella no pueden igualarse los tesoros que encierra la tierra ni el mar encubre…
Miguel de Cervantes Saavedra,
Don Quijote de la Mancha, capítulo LVIII

Las dos aves de luz se deslizaron bajo las estrellas, por encima del dosel de los árboles hacia lo profundo de una de las comarcas más secretas de la Amazonía. Iban en busca del jardín del Curupira, un espacio donde solamente crecían los arbustos de huitillo, habitados por feroces hormigas.

Curupira tiene el tamaño de un niño de siete años, con una larga cabellera de alborotados pelos verdes, mezclados con mechones rojos, móviles y fosforescentes, como llamaradas de una hoguera. Camina con dificultad, pues tiene los pies al revés, de manera que los talones quedan bajo los tobillos y sus dedos miran hacia atrás. Al recorrer los senderos de la selva, deja un rastro que parece ir en una dirección cuando en realidad se desplaza en sentido opuesto. Así despista a los cazadores y a los profanadores de la jungla.

Por solicitud de Vai Mashé, había preparado su jardín para el encuentro con los invitados, iluminándolo con manojos refulgentes de cabellos tomados de la tea de su cabeza.

Siempre cuidadoso con su vergel, visitó cada uno de los árboles, deteniéndose de vez en cuando para revisar con delicados dedos los domacios habitados por las hormigas. Con su voz en tono cariñoso, que era como un gorgorito de diversos pájaros y chirridos de varios insectos, les ordenó quedarse quietas y no molestar a los visitantes.

Después de tener su jardín a punto, se sentó a esperar a los visitantes, que pronto llegarían, convocados por Vai Mashé, *Espíritu del Amazonas* y *Señor de los animales*. Las feroces hormigas permanecían quietas, atentas a cualquier nueva instrucción de su amo.

El águila harpía y el gavilán Buteo volaron hasta las cercanías del jardín del Curupira.

El terreno donde crecían únicamente arbustos de huitillo estaba circundado por inmensos árboles centenarios, cuyos altos troncos ascendían hacia las estrellas como las columnas de un templo sagrado. Gruesas lianas reptaban como míticas serpientes por las rugosas cortezas y en la penumbra abrían sus flores de carnosos pétalos. En el aire, se entremezclaban las fragancias embriagadoras de la jungla con las aromáticas resinas que destilaban las maderas.

Las aves descendieron en ese lugar que rebosaba de vida y retomaron las figuras de Morisukio, el científico, y de Alirio, el anciano curaca líder de la comunidad de São João de Jandiatuba.

Como un coro lejano, se escuchaban ululantes cantos de aves nocturnas, chirridos de insectos noctámbulos y un estridente concierto del desigual coro de las ranas.

Curupira escuchó el inconfundible sonido de las voces humanas que lo saludaban y se dirigió lentamente hacia allá,

con los extraños movimientos de sus pies al revés. Su pelambrera refulgente se iluminó de alegría y sonrió al reconocer a sus amigos Morisukio y Vai Mashé, *Espíritu del Amazonas* y *Señor de los animales*.

Poco a poco, arribaron los sabedores y portadores del conocimiento, provenientes de diferentes comarcas del planeta. Venían a salvar a los espíritus errantes que habían sido despojados de Ëthëngë, *las casas de las colinas*, y de Ehtámu, *las casas del agua*, los lugares sagrados que dan vida al Río Madre.

Una vez reunidos, Vai Mashé tomó la palabra para agradecer a quienes tan generosamente habían aceptado la invitación, y en especial al querido Curupira, por facilitar su espléndido jardín para la reunión:

—Los espíritus de la selva necesitan nuestra ayuda. Ahora, todos empezamos a ser también víctimas del combate contra la muerte... y aquí están con nosotros, porque somos ellos y ellos son cada uno de nosotros...

Con las palabras de Vai Mashé, emergieron las siluetas, semejantes a los fuegos fatuos, de varios animales de la selva.

Los allí reunidos vislumbraron en sus corazones las secretas sensaciones que permiten entender el lenguaje de los habitantes de la Tierra y comprender la música del agua. Ahora se sabían hijos de la lluvia, del río, de los lagos y de las lagunas.

Los destellos develaron misterios del pasado, desde los lejanos tiempos, cuando cambió para siempre la tranquilidad del territorio. Vieron la llegada de gentes extrañas, provenientes de remotas comarcas, del otro lado del mar, afanadas por apoderarse de las riquezas del mundo. Sustituyeron los nombres de los lugares y las cosas para apoderarse de

ellas y el Río Madre fue llamado Amazonas, como las mujeres guerreras de sus antiguas mitologías.

Presenciaron el arribo de los ejércitos en busca de los tesoros de Paititi, la ciudad de oro y piedras preciosas aún ocultas en alguna selva secreta, y de la leyenda de *El Dorado*, en la laguna sagrada de Guatavita. Trataban de hallar las riquezas dejadas a lo largo de varios siglos por caciques cubiertos de oro, que ofrendaban figurillas áureas y puñados de esmeraldas al Sol, al agua y a los dioses dadores de vida.

Así, reconocieron que Ëthëngë era *las casas de las colinas*, unas montañas de piedra rodeadas de bosques, de donde provienen los animales que caminan y los que vuelan. En una procesión de resplandores, desfilaron jaguares, tapires, venados, ocelotes, saínos, monos y toda clase de aves.

—Ehtámu son *las casas del agua* —dijo Vai Mashé—, y de allí llegan el caimán negro y la anaconda, los peces de escama y los de piel.

Y en un colorido desfile de fulgores, navegaron en la noche el pirarucú, la payara, el bagre, las voraces pirañas y la miríada de seres diminutos que tienen su hogar en ríos, pantanos y lagunas.

El juego de fosforescencias tejió la red de vida al unir las casas de Ëthëngë y Ehtámu, fértiles como vientres fecundados por palmas masculinas y árboles femeninos, de flores amarillas, violetas o rosadas, que los indígenas llaman *vara-que-flota*[7].

En los lugares sagrados, se acumulaba *bogá*, la energía de la vida proveniente del sol, que desciende desde las grandes rocas a los pozos profundos, fluye por las colinas, se vierte

---

7 Árboles del género *Tabebuia*, entre los cuales están el floramarillo y el flormorado.

en los lagos y en cada uno de los sitios divinizados por una mágica red de perfumes.

Es allí donde están las malocas de luz, habitadas por animales con aspecto de gente, que solo pueden ser vistos por los sabedores y los portadores del conocimiento secreto. Durante generaciones, habían peregrinado para requerir año tras año las cuotas de animales y frutos necesarios para la supervivencia de sus comunidades. Para esas visitas, se adornaban y acicalaban con los colores de la casa de animales más cercana al lugar donde se celebraba la fiesta.

Los espíritus mostraron la entrada a sangre y fuego de los invasores, que profanaron los lugares sagrados, desde donde se poblaban de vida las selvas y las aguas. No hubo respeto alguno por los animales o las plantas. Arrasaron con las pieles de las fieras, los caimanes, las nutrias y la carne de los manatíes, las aves y los grandes peces.

Siguieron con los bosques, esclavizaron indígenas para obtener la sangre blanca de los árboles de siringa[8]. La selva fue transformada en pastizales y rastrojeras erosionadas.

—No se respeta mi presencia ni se escucha el eco de mi voz —dijo Vai Mashé, *Espíritu del Amazonas* y *Señor de los animales*.

Los espíritus mostraron el presente del Río Madre, que presagiaba un futuro incierto para lo poco que quedaba de los sitios sagrados Ëthëngë y Ehtámu. Grises nubarrones en el horizonte anunciaban la tormenta que venía a destruir a los pocos sobrevivientes de la tragedia.

—Esa es nuestra historia y nos acercamos al límite de la supervivencia. ¡Los espíritus de los animales aquí presentes

8 Árbol *Hevea brasiliensis*, productor de látex o caucho para uso industrial.

necesitan nuestra ayuda! —gritó Vai Mashé, y su voz resonó con la fuerza de un trueno en medio de la noche.

Los asistentes a la reunión pudieron ver los espíritus de dos jaguares que venían angustiados en busca de auxilio. Con un rugido de dolor, las imágenes de las fieras empezaron a desaparecer, como si fueran figuras de humo disolviéndose en el aire.

—¡Vamos en su ayuda, no podemos perder ni un instante! —exclamó Vai Mashé ante la intensidad de ese llamado, transformándose de nuevo en el águila harpía que abrió sus inmensas alas.

Morisukio volvió a transformarse en Buteo, el gavilán, y los curacas indígenas de las diversas comunidades que habían venido a la reunión tomaron la forma de varias aves —guacamayas, pavas, paujiles y loros— para volar con ellos en bandada tras el rastro de luz dejado por los espíritus de los jaguares en peligro.

Curupira los despidió agitando sus manos y su trémula cabellera, preocupado por la situación de los desesperados jaguares.

En la noche, titilaban las luces de los mensajes que daban vuelta al planeta, de satélite en satélite y de torre en torre, hasta las estaciones de televisión y las pantallas de computadores y teléfonos celulares con una prometedora noticia.

Capítulo 3

Aprobado gran proyecto maderero en el Amazonas

Noticia divulgada por todos los canales de comunicación, nacionales e internacionales.

Periodistas de radio, prensa, televisión y redes informáticas han confirmado y divulgado la tan esperada noticia de la consolidación del importante proyecto maderero Amazonas' Fine Woods (Maderas finas del Amazonas), refrendado con la firma del señor presidente de la República, el cual significará un gran paso para el desarrollo del país.

En solemne ceremonia presidida por el primer mandatario, en el Palacio Nacional, se sancionaron los históricos acuerdos. Se contó con la presencia del gabinete ministerial en pleno, los representantes de la Iglesia y los embajadores del grupo de nueve países amigos de la cuenca amazónica.

Se destacó la unión de esfuerzos capitales y de personal, tanto técnico como científico, para dar inicio al mayor proyecto de aprovechamiento de varios millones de pies cúbicos de maderas finas. Se recalcó el gran beneficio económico que constituirá colocar en los mercados internacionales tablas, tablones, vigas, columnas y enchapados de caoba, cedro, quinilla, macacauba, matamatá, acapú, capirona, costillo, lupuna, cumala, violeta (la exquisita madera morada), palo brasil y palo sangre, para mencionar solo unas pocas especies de la gran diversidad de la selva amazónica.

—La firma de este importante convenio abre una puerta que le permitirá a la patria la verdadera consolidación de nuestro desarrollo en el presente siglo. Por fin, aprovecharemos para beneficio de todos los ciudadanos esa riqueza que permanecía inexplotada desde hace siglos, sin descontar el lucro cesante de bosques enteros que han estado durante lustros y centurias desperdiciados, a merced de los hongos, el comején y las hormigas. Por fin, nuestra nación tendrá la oportunidad de llevar la luz del progreso a esas apartadas regiones, hasta hoy olvidadas por los gobiernos anteriores —dijo el primer mandatario de la nación al finalizar la firma protocolaria del convenio.

A continuación, y como ordenaba el protocolo, tomó la palabra el joven empresario Camilo Paulo Pombo de Germán-Ribón, director del extraordinario proyecto. Habló en nombre de los ejecutivos para agradecer a los diversos embajadores y personalidades presentes. Visiblemente emocionado, afirmó:

—Amazonas' Fine Woods situará al país en la vanguardia del aprovechamiento forestal, generando las divisas que se requieren para afianzar el verdadero progreso, poniéndonos a la altura de los países que visitamos en el marco del diseño de este proyecto. Muchos de los aquí presentes pudimos ser testigos de los grandes avances en este campo industrial en los Estados Unidos y podemos dar testimonio del manejo técnico de los bosques de Oregon, Alaska, las Montañas Rocosas y los Montes Apalaches. En Suecia, apreciamos cómo con una extraordinaria tecnología, que aplicaremos en nuestras selvas, se benefician hasta de la raíz de las coníferas. Estamos en capacidad de dar fe de la visión futurista de Chile, con proyectos de reforestación productiva de más de cien mil hectáreas cada uno. Pero también somos conscientes de que mientras esas potencias madereras suelen aprovechar una sola especie de árboles maderables, nosotros le

ofreceremos al mundo la mayor diversidad de maderas finas del Amazonas, que lucirán en la industria manufacturera del mueble y que llevarán el nombre de nuestro país alrededor del mundo.

El doctor Pombo de Germán-Ribón les confirmó a los periodistas que todo estaba listo para viajar a la selva amazónica en compañía de los ministros de Desarrollo, Economía, Medio Ambiente e Industria Forestal, para inaugurar formalmente el proyecto y dejarlo oficialmente instalado, pues ya estaban establecidos los campamentos con la maquinaria especializada, haciendo las primeras pruebas de la explotación de los árboles en medio de la manigua.

Después de la firma del proyecto, la esposa del señor presidente ofreció una elegante recepción en uno de los amplios jardines del Palacio Nacional, apropiadamente decorado con bromelias, platanillos y orquídeas, además de numerosas flores tropicales, en un auténtico compendio de diversidad amazónica.

Durante la cena, las candidatas al reinado nacional de la belleza les brindaron a los invitados varios platos a cargo de reputados chefs de la capital. Fue un verdadero dechado de comida-fusión, con delicadísimos filetes blancos de peces del gran río como el pirarucú, la gamitana, el tucunaré y la mojarra carahuazú. Los periodistas de las revistas de actualidad social destacaron los aderezos a base de diversos condimentos indígenas, entre los cuales dieron preeminencia a los ajíes de varios colores y grados de picor en la escala Scoville, la pimienta amazónica, la canela de la selva y hasta las hojas del bejuco que tiene el gusto y el aroma del ajo.

Se sirvieron diversos postres, jugos y cocteles preparados con frutos selváticos como el copoazú, el umarí, el camu-camu,

el asaí y el arazá, mezclados con la popular y fuerte bebida brasilera llamada cachaza.

En la ceremonia de ofrecimiento del alimento al creador, el obispo de la capital y el nuncio apostólico de su santidad el Papa bendijeron el nuevo proyecto, enfatizando el hecho de que estos pioneros de la industria maderera eran como los nuevos misioneros y apóstoles de la religión del desarrollo, tan necesitada para paliar la pobreza ancestral que campea en esas regiones desde los tiempos de la conquista española y la colonización desordenada que tanto sufrimiento le han acarreado al país.

Estaba por comenzar una etapa definitiva en la vida de muchos seres humanos, pero también de los animales y los espíritus de la selva que, en ese mismo momento, habían lanzado un grito de auxilio, escuchado solamente por Vai Mashé, Morisukio y los curacas, chamanes, payés, y demás sabedores y portadores del conocimiento, que volaban en la oscuridad sobre la selva dormida.

Capítulo 4

Historias de jaguares I
Esta es la dolorosa vida de Siaky, prisionera.

> El amor por todas las criaturas vivientes es
> el más noble atributo del hombre.
> Charles Darwin

Siaky fue un jaguar hembra que no conoció la libertad de la selva, ni tuvo el privilegio de tener una madre que la enseñara a conseguir su alimento. Nunca aprendió a darles a sus víctimas un zarpazo y luego una mordida mortal en la nuca, dejándolas paralizadas. Jamás aprisionó entre sus garras animales como capibaras, venados[9], pecaríes, dantas jóvenes, guatinajas, o incluso caimanes y anacondas.

La madre de Siaky fue cazada por hombres que arrasaban la selva amazónica para la concesión Amazonas' Fine Woods, creada para extraer los tesoros de la selva.

Desconociendo la prohibición expresa de Vai Mashé acerca de no tocar las Ëthëngë, o *casas de las colinas*, los madereros entraron a la selva sagrada con sierras y tractores de enormes ruedas de oruga, similares a las de los tanques de guerra. Allí derribaron sin misericordia árboles descomunales que habían crecido en paz durante siglos.

La selva era despedazada en trozas que los operarios unían para formar balsas, las cuales descendían por los afluentes

---

9 *Mazama* es el nombre científico de los pequeños venados selváticos que tienen solamente dos cuernos diminutos, a diferencia de los venados llaneros, de mayor tamaño y cuernos ramificados.

hasta el Río Madre, desde donde los buques remolcadores transportaban los troncos a las procesadoras industriales de la empresa maderera, donde las convertían en tablas, tablones y diversos productos destinados a la exportación.

La voz adolorida de Vai Mashé y los espíritus de los animales eran los sonoros ecos donde resonaban los gritos de las asustadas fieras cuando los gigantes caían estrepitosamente rompiendo el silencio del bosque profanado. Las aves volaban aterrorizadas, algunos monos huían por las lianas al escuchar los primeros ronquidos de las sierras que sacrificaban la vida acumulada durante centenares de años. Los tímidos venados, los fuertes tapires y los grandes roedores escapaban corriendo desesperados al sentir la proximidad de la muerte.

En el desorden de esta tragedia, hubo una hembra parida de jaguar que no huyó de su cubil en medio de los contrafuertes en las raíces de una hermosa ceiba. Decidida a no abandonar a su cría, se quedó a enfrentar lo inevitable.

"¡Una tigra parida!", fue el grito de los hombres atacados cuando ella quiso defender a su cachorra con pavorosos rugidos, furiosos zarpazos y amenazadores colmillos. Sin mediar más palabras, descargaron varias ráfagas de sus armas sobre el animal enfurecido, que murió en el acto.

Desollaron a la tigra y llevaron como trofeos la piel y la cría. El cuero terminó reseco, arrugado, apolillado y mohoso, clavado con puntillas contra las paredes de tablas bastas del campamento maderero.

La hembra recibió el nombre de Siaky, *la que canta en la noche,* por su costumbre de rugir y gemir lastimeramente en la soledad, añorando la ausencia de su madre. Creció como mascota en el campamento de los trabajadores, donde la

alimentaron con la sopa para los jornaleros que preparaba una mujer indígena. Así cumplió su primer año de vida con-viviendo con perros flacos, gatos y gallinas.

Con el paso del tiempo, la cachorra de jaguar, animal silvestre al fin y al cabo, empezó a sentir que despertaban sus instintos primarios. A los quince meses de la muerte de su madre, Siaky estaba jugando con uno de los perros flacos del campamento y, sin poder controlar su fuerza espontánea de fiera de la selva, de un solo mordisco mató al escuálido gozque. El hijo de la gui-sandera, uno de los niños del campamento, intentó reprender-la pegándole con un leño, pero Siaky reaccionó lanzándole un zarpazo. Sus afiladas uñas desgarraron el brazo del pequeño.

Esto significó su reclusión permanente por algo que ella nun-ca comprendió. La encerraron en una jaula diminuta donde, mal alimentada, padeció una desnutrición que retardó su crecimiento, dejándola petisa, casi enana y de todas maneras muy bajita para el promedio reglamentario de un jaguar flo-reciendo en la jungla en condiciones normales. Como resulta-do de la casi total inmovilidad en esa celda, sus patas traseras quedaron debilitadas para siempre y un día se enfermó.

Cuando estaba postrada en muy mal estado, uno de los ase-rradores —tal vez movido por la piedad o la vergüenza— les informó a los funcionarios de una agencia de protección ambiental, quienes la decomisaron en una operación ruti-naria con el apoyo de las autoridades locales.

—Es un caso muy grave de hepatitis felina. Creo que lo me-jor es aplicar la eutanasia para evitarle mayores sufrimien-tos —dijo uno de los directivos de la agencia, consciente de la gravedad de este patético caso de abandono animal.

—Permítanme intentar salvarle la vida, yo puedo com-prometerme a hacerle un tratamiento completo —sugirió

Viviana, una joven veterinaria, practicante de la especialización en fauna silvestre de la Universidad Nacional.

Su propuesta fue aceptada y ella se dedicó de corazón a cuidarla, día y noche, hasta que después de un prolongado procedimiento médico, logró quitársela a la muerte.

Siaky, *la que canta en la noche*, se restableció gracias a los procedimientos médicos y la dedicación de la joven veterinaria practicante. Los funcionarios de la agencia de protección ambiental remitieron la fiera al zoológico de la ciudad amazónica colombiana de Leticia. Allí fue enclaustrada en una pequeña jaula de 4 X 4 metros, donde vivió durante varios años con otros jaguares.

Cuando la Alcaldía Municipal y las autoridades ambientales tomaron la decisión de cerrar el zoológico por falta de recursos presupuestales y con el pretexto de que ese espacio de terreno se necesitaba para ampliar la pista del aeropuerto General Alfredo Vásquez Cobo, los animales fueron repartidos en varios lugares.

Siaky fue destinada a ser la atracción en un hotel para los turistas que se toman fotos con sofisticadas cámaras e instantáneas con la aplicación selfi de sus teléfonos celulares. Sin embargo, surgió un terrible imprevisto cercano a la fatalidad.

Para la mala estrella de los empresarios del emprendimiento turístico, cuando la jaula con la fiera iba camino al nuevo encierro de malla metálica, se desbarató la prisión en la cual era transportada y la fiera escapó.

Ahí comenzó la tragedia para el jaguar hembra, pues se decidió que debía ser sentenciada a la pena de muerte, acusada de ser una peligrosa amenaza para los indefensos seres humanos vestidos de turistas.

Todo esto le causaba gran sufrimiento a Vai Mashé, especialmente cuando Siaky, *la que canta en la noche*, presintió que su fin estaba demasiado cerca y desde lo más profundo de su corazón invocó el deseo de vivir. Su mensaje atravesó el tiempo y el espacio, junto con el de otro jaguar, un macho llamado Taro, *el primer hijo varón*, que también estaba condenado a muerte.

Cuando las luces de los espíritus de los jaguares llegaron a pedir auxilio en la reunión del jardín del Curupira, las sentencias de muerte acababan de ser dictadas.

No había tiempo que perder. El peligro era inminente. La muerte avanzaba hacia donde estaban los jaguares encerrados.

Capítulo 5

Grave accidente en el río Amazonas

Dan por desaparecido al reconocido empresario maderero Camilo Paulo Pombo de Germán-Ribón.

De nuestros corresponsales en Iquitos, Leticia y Manaos

Se ha informado que desde hace dos días se perdió todo tipo de contacto con el empresario Camilo Paulo Pombo de Germán-Ribón, quien se dirigía hacia una de las concesiones de la explotación forestal Amazonas' Fine Woods, que hace presencia en territorios de los nueve países que hacen parte de la cuenca del gran río.

Se informó que el inversionista iba en compañía de otros ejecutivos hacia uno de los campamentos madereros de la empresa y que insistió en viajar a pesar de que los prácticos en la navegación por el Amazonas le advirtieron que había peligro, pues por estar en pleno invierno, los afluentes Marañón y Ucayali arrastraban enormes palizadas desde sus raudales de los Andes.

Última hora

Aparecen dos sobrevivientes de la motonave Pirarucú, de bandera peruana, en la cual se desplazaban varios empleados de la poderosa empresa maderera. El doctor Pombo de Germán-Ribón, presidente de la compañía, continúa desaparecido.

Reporte extra

Después de varios días de búsqueda, deciden suspender las operaciones de rescate. Se da por muerto al doctor Camilo Paulo Pombo de Germán-Ribón. Se le rinden homenajes póstumos en la capital, con una velación simbólica en uno de los salones del Congreso Nacional.

La ceremonia religiosa se llevó a cabo en la Catedral Primada, con una eucaristía concelebrada entre el obispo, el cardenal primado y el nuncio apostólico. Hicieron presencia el señor presidente de la República, el gabinete en pleno y los embajadores de Brasil, Bolivia, Perú, Ecuador, Colombia, Venezuela, Guyana, Guayana Francesa y Surinam, los nueve países de la cuenca amazónica firmantes del proyecto que estaba destinado a llevar progreso, bienestar y mejor calidad de vida a los lejanos territorios donde se hace la extracción de maderas finas.

Igualmente, asistieron a la homilía varios empresarios, representantes de multinacionales de Estados Unidos, Suecia y Chile, naciones donde la compañía maderera tiene cuantiosas inversiones.

Nuevo reporte

En entrevista exclusiva para este medio, el comandante de la guardia fluvial fronteriza comentó que el accidente en esta época invernal del Amazonas pudo haber sido causado por imprudencia y exceso de confianza del timonel de la chalupa de alta velocidad.

"Muchas veces, los prácticos de la navegación creen conocer el gran río, pero no tienen en cuenta factores como la creciente deforestación y la alteración de los ritmos naturales de la selva,

 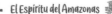

cuando al llegar el invierno las aguas altas arrasan los taludes carentes de los árboles que antaño sostenían las orillas", afirmó el capitán Máximo Perilla, comandante de la base Ucayali.

Nuestros corresponsales en el Brasil informaron que los náufragos sobrevivientes, rescatados por una nave patrullera de la Fuerza Armada Fluvial del Brasil, fueron remitidos al Hospital Sancto Spirito de Manaos. Por sus declaraciones, puede colegirse que la enorme fuerza de las aguas cargadas de sedimentos del río crecido arrastró tocones y trozas de cuatro metros de largo por casi un metro de diámetro.

Uno de esos troncos avanzó semisumergido hacia el centro del río, acarreado por la corriente oscura, junto con ramas y raíces de una gigantesca palizada, y se diría que fue un encuentro fortuito, si el destino no hubiese previsto otra cosa, pues precisamente chocó con la lancha donde viajaba el doctor Pombo de Germán-Ribón, industrial de la empresa Amazonas' Fine Woods.

El motorista de la nave sostuvo, en su declaración ante las autoridades fluviales, que, a pesar de las advertencias que él le hizo al presidente de la compañía maderera acerca de no navegar con ese tiempo de invierno al atardecer, él ordenó emprender viaje hacia el campamento maderero.

Según consta en el expediente, "...ahí fue cuando la embarcación con el doctor Pombo y dos tripulantes más se estrelló, se volteó y naufragó en el inmenso río Amazonas. El doctor parecía muy afanado por irse para el campo base, insistió en que no podía perder tiempo y hasta ofreció pagar el doble del costo del transporte. Como pueden ver, perdimos los dos, como si se cumpliera el adagio de que del afán no queda sino el cansancio", afirmó el timonel de la nave Pirarucú, de bandera peruana y al servicio de la empresa maderera.

"Paz en su tumba al empresario que dio su vida por el progreso de la nación y el desarrollo del país", dijo el acongojado señor presidente de la República, de riguroso luto, en la ceremonia de despedida al doctor Pombo de Germán-Ribón.

"El señor tenga en su gloria a este abnegado misionero de la superación de las fuerzas de la naturaleza", oró el obispo en la Catedral Primada, dando un sincero abrazo de condolencia a doña Ana Fernanda Sinisterra y de Ahumada, la joven viuda del malogrado empresario.

Las banderas de la patria se mantuvieron a media asta durante tres días *in memoriam* del desaparecido hombre de negocios.

Capítulo 6

El rescate de Siaky, la que canta en la noche

De cómo se salvó la hembra de jaguar condenada a muerte, cuando el destino logra bifurcar los caminos.

Dir. Seele des Weltalls
(Tú. alma del Universo)
Wolfgang Amadeus Mozart

Siaky llegaría como una nueva residente permanente a un hotel que había sido construido a la usanza tradicional indígena, imitando la arquitectura de la colonización amazónica desde tiempos inmemoriales. Las construcciones se erguían sobre pilotes de madera de Quinilla, muy resistente a la humedad y especial para soportar las estructuras en las zonas inundables de várzea. Las paredes eran de tablas finas de capinurí, aguacatillo y cedro; las barandas de costillo, el árbol cuyas ramas parecen retorcidos huesos con hermosas sinuosidades. Los mesones del área de comidas eran de las bellísimas maderas de macacauba y de violeta, que dan visos rojos veteados de amarillo el uno y tablas de matices morados el otro. Los magníficos techos eran de palma caraná, primorosamente entretejida por hábiles manos indígenas.

"Siéntase verdaderamente en el corazón de la jungla indómita y salvaje, escuche en la noche el rugido del jaguar", decía el folleto promocional de la empresa Amazonas: Resort & Adventure, en el cual se realzaba la presencia del hermoso animal por cuanto simbolizaba con creces el espíritu de la selva.

Los inversionistas habían pensado incluso conseguir una gran anaconda, pero le vieron varios inconvenientes. Por una parte, no rugía, y por otra, permanecía inmóvil la mayor parte del tiempo, sobre todo después de ingerir el alimento vivo que le daban cada dos meses: una gallina, un pato o un conejo, que el enorme reptil aprisionaba en un espectáculo de contorsionismo constrictor que habría ocasionado la protesta de los turistas.

El recinto que habían adecuado en las inmediaciones de los jardines del hotel era una jaula sencilla, de malla gruesa y alambre acerado a prueba de tigres, con dos celdas auxiliares más pequeñas, una para servir de cubil y la otra como recinto de manejo con un brete que la apretara y la inmovilizara para los procedimientos de manipulación veterinaria.

La jaula seguía siendo una réplica de la que habitara durante tantos años en el zoológico de Leticia, la ciudad amazónica colombiana. Disponía de una repisa a la cual se accedía trepando por un gran tronco, y contaba con un pequeño estanque de cemento que le servía de bebedero y piscina.

En el momento en que arribó el barco de carga con la jaula en la cual transportaron a Siaky, *la que canta en la noche*, una grúa del buque debía levantarla y ubicarla sobre el montacargas para llevarla hasta su nuevo hogar en los jardines del hotel.

La labor de desembarco inició normalmente, pero nadie revisó el estado de los cordámenes de acero para verificar su condición. De haberlo hecho, habrían detectado el deterioro de uno de los cables, el cual se reventó con un latigazo en el momento en que fueron templados por el malacate de la grúa, cuando la jaula era izada por el aire hacia el montacargas que la transportaría hacia su nuevo hogar.

La jaula se desniveló y, con gran estrépito, cayó sobre una de sus esquinas, de manera que la estructura cedió, rajándose por el piso y dejando un boquete por donde la asustada Siaky salió. El animal corrió hacia la selva cercana, presa de la angustia, como movida por el instinto de volver al hogar cuyos aromas y sonidos lejanamente guardaba en la memoria.

Después de una carrera angustiosa, su primera reacción fue observar cautelosamente el nuevo entorno y deslizarse silenciosamente un poco más allá en medio de la espesura avivada por las recientes lluvias del invierno y las crecientes del gran río.

Durante dos horas fue libre, si libertad puede denominarse el hecho de salir momentáneamente del encierro de toda una vida. Corrió abrumada por la gritería en el muelle de desembarco del hotel, donde se mezclaron gritos, sonidos de alarma, gestos de pánico y uno que otro desmayo:

¡Se voló el tigre! ¡Se escapó el jaguar! ¡Peligro! ¡Llamen a las autoridades ambientales, civiles, militares y religiosas! ¡La fiera está suelta en área densamente poblada!

Cuando empezó a circular la alarma de su fuga, de inmediato se caviló calculando lo peor —"piensa mal y acertarás", dijo el malpensante— y de inmediato se creó un comité de acción.

Con carácter urgente, se convocó una junta extraordinaria con la participación de las directivas del hotel, las fuerzas vivas de la nación, los altos mandos militares, los representantes de las diferentes iglesias, la Defensa Civil, la Cruz Roja, y un grupo de exploradores y cazadores expertos.

El comité, de manera unánime y sin someterlo a votación, decidió tomar la medida más drástica y extrema: tirar a matar con disparo en el codillo si la fiera iba de lado —Diana de 100 puntos en honor a la diosa romana de la cacería—, o tiro franco en la cabeza si la bestia atacaba de frente.

La junta resolvió que la mitad del contingente de fuerzas especiales hiciera presencia con los tiradores expertos del cuerpo de la infantería de marina, apoyados por algunos de los cazadores profesionales y los lanceros, junto con varios miembros de la brigada de selva y los *rangers* de las fuerzas especiales de la Policía Nacional. Esta drástica medida fue tomada por si acaso la fiera llegaba a cruzar el cercano río Acupata —por instinto los jaguares son excelentes nadadores— y entrara en alguno de los centros poblados, donde las pequeñas casas palafíticas están desperdigadas entre las colinas, fuera del alcance del máximo nivel de la várzea, la gran inundación anual.

Estudiaron la grave situación y concluyeron que la fiera podría empezar por atacar a alguna persona en medio de las casas montadas sobre pilotes de madera y sus potenciales víctimas podrían ser cualquier mujer desprevenida que lavara su ropa a orillas del río, un niño en pleno juego, o quizás un anciano desdentado y meditabundo de la comunidad.

Incluso, movida por el hambre, podría devorar alguno de los animales domésticos en esos humildes hogares —cerdos zungos, perros flacos, gallinas, patos— o algún ave silvestre domesticada, como el aruco, el tente, la guacamaya, los loritos, las guacharacas, los paujiles o las pavas de monte.

La terrible opción de que la fiera, perseguida y acosada por los cazadores, llegara hasta los jardines frondosos del hotel y quedara a la vista de los turistas, obligó al comité a proponer que la mitad restante de las fuerzas especiales permaneciera discretamente camuflada en las proximidades del hospedaje.

Esa era una posibilidad muy alta, pues una hembra de jaguar criada por los humanos no los vería como enemigos potenciales o posibles presas, sino como sus proveedores de alimento y se acercaría a ellos en cuanto sintiera hambre.

—Su sola presencia causaría un pánico tan grande que alejaría las visitas para siempre, dejando este lugar con la proterva fama de que hay devoradores de hombres en las selvas cercanas —dijo muy preocupado el director del comité de acción y gerente del hotel.

—No es por ser ave de mal agüero, mensajero de malas noticias, ni por querer atraer el pánico, pero debemos anteponernos a las posibles situaciones negativas, como quien dice, prefigurarlas, para tener una idea clara de la dimensión tan grave de lo que está sucediendo —argumentó el comandante del ejército.

—¡Permite Señor que no seamos atados por los dichos de nuestras bocas! —exclamó el obispo dándose la bendición y con los ojos dirigidos al cielo, en actitud oración, con las manos unidas y después abiertas hacia el Altísimo.

En ese mismo instante, todos los integrantes del comité imaginaron el pánico.

Lo vieron como un tornado que corría por todo el hotel llevándose en su remolino cualquier vestigio de cordura que hubiera en las mentes y los pensamientos de los afanados turistas, a quienes eventualmente acababa de llegar la sensación de terror, multiplicada por el rumor creciente del escape de la fiera.

Los médicos de la Cruz Roja diagnosticaron que, tal vez, el instinto de supervivencia humano —dormido, mas no desaparecido tras los millones de años de la evolución— haría que se liberara la adrenalina potenciada por las imágenes

fatídicas que llegaron a la imaginación, que Hollywood les había enseñado con las películas de terror:

Un muerto en la recepción del hotel con el cráneo destrozado por la poderosa presión de las mandíbulas del jaguar, cuyo nombre proviene de *yaguará*, palabra de la lengua indígena tupí, que significa *el que mata de un mordisco*. Esto se debe, con justa razón, a la mordedura de esta fiera —la más poderosa entre todos los felinos—, pues ejerce una presión de 143 kilogramos por centímetro cuadrado, suficiente para descoyuntar el cuello de un saíno, cafuche o pecarí, dejándolo paralizado, o reventar de un mordisco el caparazón de una tortuga o el cráneo de un caimán.

Los comandantes de la Defensa Civil —*siempre listos para servir en paz o en emergencia*, según su lema— predijeron la eventualidad de que hubiera varios heridos en los pasillos que dan a las habitaciones por la estampida de pánico al grito de "¡El tigre... el tigre... ahí viene el tigre!". Su experiencia profesional les ha enseñado que cuando se impone la huida a cualquier costo, los fuertes pasan por encima de los débiles, los mozalbetes sobre los ancianos, los flacos ágiles saltan sobre los gordos lentos, los astutos rebasan a los ingenuos, los vivos que están alerta les ganan a los tímidos que viven distraídos, de manera que vislumbraron un reguero de ancianos, obesos, débiles e ingenuos pataleando asfixiados, pisoteados por la multitud.

En el comité de acción, imaginaron a los fuertes mozalbetes, vivos y astutos —los que pasaron por sobre los demás—, tratando inútilmente de buscar la protección en lo alto de los techos entretejidos con hojas de palma caraná trenzados en varas de chonta y soportados por esbeltos maderos de espintana, la larga vara con la cual se construyen las malocas. Los vislumbraron subiéndose como micos aterrorizados —finalmente provenimos

de un ancestro común— convencidos de que el jaguar no los podría alcanzar en las alturas, sin saber que este felino puede trepar 14 o 15 metros llevando una presa grande atenazada en sus fauces; pero los angustiados turistas ignorantes de esta verdad serían tantos, que pronto los techos empezarían a colapsar.

Calcularon que los vivos caerían sobre quienes, movidos por el pánico, como cuando corre un ratón en medio de una reunión de señoritas, apenas pudieran subirse a una mesa o a una silla, ocasionando el desnucamiento de varios comensales de diversos estratos, entre ellos algunos de prominentes abdómenes incrementados por la constante ingesta de abundante comida dispuesta en forma de *buffet ad libitum* —a libre consumo—, proporcionada tres veces al día a las horas correspondientes de desayuno, almuerzo y cena respectivamente, generosamente regadas con abundantes jugos de frutas y diversas bebidas espirituosas, también a libre disposición de los visitantes viajeros y turistas de variopintos orígenes. Es la alegría máxima, el *summum* de la oferta *todo incluido*, que lleva a desaforados excesos digestivos.

Los médicos previeron que en caso de la llegada de afiladas garras felinas a los prominentes vientres de los obesos *patarribiados* o en posición decúbito supino o decúbito dorsal, es decir, acostados boca arriba, con las manos en actitud defensiva, caídos desde los techos, mesas, sillas o pasillos y dejados al garete por la multitud que huiría despavorida al grito de "¡El tigre... el tigre!... aquí está el tigre!", los certeros zarpazos dejarían al aire algunos metros del tracto digestivo —estómago, duodeno, yeyuno, íleon, recto y ano—, varios kilos de mesenterio con grasa abdominal apta para saponificar con hidróxido de potasio y eventualmente hacer jabón marca Humanitas, aunque ya echado a perder debido a la contaminación con

las llamadas heces o fecas, sin descontar la presencia del contenido intestinal en proceso de digestión de los diferentes tipos de arroz —atollado, blanco, con verduras, con coco—, de las ensaladas frescas, esto es, no sometidas a cocción, y las verduras en distintas modalidades, a saber: calabacines en salsa bechamel, habichuelas al vapor con zanahoria, pepinos cohombros en salsa blanca, remolachas picaditas en cubitos ligeramente salpimentadas, entre otros muchos ítems a los cuales sería necesario sumar las pirámides de panes de diversas calidades, colores y formas que, junto con los postres, pasteles, ponqués, flanes y otras dulces delicias que suelen coronar los platos de los turistas cuando la comida no se cobra por estar incluida en el paquete o combo de vacaciones.

Los cazadores profesionales, los médicos de la Cruz Roja y los expertos en comportamiento de la fauna silvestre opinaron que la fiera, energúmena por el pánico acrecentado por la adrenalina de la gente que huyera despavorida más la suya propia producto del estrés del transporte, la caída de la jaula y la gritería de la gente, podría lanzar mandobles a diestra y siniestra —a derecha e izquierda— y tasajear abdómenes exponiendo al aire dichos alimentos semidigeridos por el tránsito a lo largo del tracto digestivo y ya ligeramente transformados —en olor, color, textura, acaso sabor—, debido a los ácidos estomacales y los jugos intestinales.

—La escena final del paso del jaguar enfurecido dejaría un reguero de tripas por los pasillos del hotel, con el consiguiente deterioro de la imagen institucional, porque si hay noticias que vuelen rápido son las malas noticias —dijo filosóficamente el director del comité de acción.

Por todas las anteriores consideraciones y las trágicas posibilidades relacionadas con la fiera, dictaminaron que la

acción definitiva a seguir sería la pena de muerte inconmutable e inmediata tan pronto como fuera localizada la hembra de jaguar llamada Siaky, *la que canta en la noche*.

La sentencia se ejecutaría por parte de francotiradores expertos de las fuerzas armadas, equipados con fusiles de repetición de largo alcance y dotados de mirillas telescópicas, reforzados por un grupo de cazadores y rastreadores expertos, manadas de perros bramadores de la raza fino colombiano, traídas ex profeso del interior del país en un vuelo expreso —llamado chárter— ya que son capaces de seguir un rastro día y noche, acosar a la víctima y hacerla encaramar hasta dejarla a tiro de los perseguidores.

Todos los miembros del comité de acción se pusieron de acuerdo en las siguientes consideraciones:

 De orden público: es un asunto de Estado, dijeron.

 De orden social: es una afectación que involucra diversos estratos de la sociedad, afirmaron.

 De orden político: el jaguar puede devorar sin distinción de partido, supusieron.

 De orden moral: la tigra es una criatura de Dios pero el hombre es a semejanza de Dios, el rey de la creación, y debe ser protegido, sentenciaron.

 De orden religioso: esa fiera podría comerse a un cristiano, un católico, un musulmán, un judío e incluso un ateo, reflexionaron.

En todos y cada uno de esos casos, se justificaba la pena de muerte.

Afortunadamente, no pasó que el jaguar hembra, en su huida en busca de la libertad, siguiera el sendero en medio de
la selva para llegar al caño Acupata, lo atravesara y alcan-
zara la pequeña aldea de la comunidad indígena más cercana, y empezara a rondar asustada por entre las pequeñas
casas de madera regadas en las suaves colinas, y encendiera
las alarmas cuando ladraran desaforadamente los perros flacos de los indígenas —se sabe que la calidad de vida de un
conglomerado humano se puede medir por el estado de las
mascotas y los niños— y los gruñidos fueran silenciados con
un chillido de agonía —¿qué rival puede ser un perro flaco
para un jaguar gordo y desesperado?—, y no tardarían en salir
los pobladores al grito de "¡El tigre... el tigre!". Brillarían en el
principio de la noche los relucientes machetes afiladísimos,
las viejas escopetas de fisto cargadas con tuercas, puntillas
oxidadas y tachuelas, y uno que otro perdigón de plomo,
algún revólver viejo del Smith & Wesson calibre 38, una es-
copetica de un solo cañón del calibre 16, más apreciada que
la del calibre 12, especialmente si es de la Armería Stevens, e
incluso algún antiquísimo fusil Remington de la guerra con el
Perú, o una de las fatídicas carabinas 30-30 de la Winchester,
el arma que conquistó el oeste norteamericano contribuyen-
do a la casi total extinción de los bisontes de las praderas, y
fue el más importante instrumento de dominio y contención
de los pueblos indígenas sometidos a la esclavitud durante la
nefanda época de las caucherías en el Amazonas.

Todas las armas estarían disponibles, incluidas algunas pis-
tolas conocidas como las escuadras Pietro Beretta del calibre 9 mm de época reciente, producto del dominio narco-
traficante, también conocido como *proyecto de los traquetos
del tráfico de cocaína* en estos lados del mundo. Tal armamento haría la segunda línea de fuego tras los sofisticados
fusiles de los francotiradores, como el arma rusa SVLK-14S
Sumrak, capaz de dar en el blanco a 4178 metros con un
disparo de precisión.

Parecía ser que Siaky tendría la libertad de morir acribillada con un perro flaco en las fauces, para después aparecer en las noticias colgada de la cabeza con el cráneo destrozado por la perdigonada inmisericorde y con perforaciones en cada una de las manchas de su hermosa piel.

Dadas tan aterradoras circunstancias, la llegada de Morisukio y Vai Mashé, el *Señor de los animales*, era la única oportunidad de salvación.

Y ellos llegaron con el vuelo del águila harpía, Buteo, el gavilán, y las numerosas aves en que se habían transformado los curacas de las diferentes comunidades.

Descendieron en los árboles cercanos en perfecto silencio detrás del lugar de los hechos, donde Siaky había escapado. Los dos retomaron la forma humana y, por estar en otra dimensión del tiempo y del espacio, no podían ser vistos por la gente que estaba en alto grado de sobresalto y pavor vecino al pánico.

Muy preocupados, llegaron al muelle donde estaba la jaula en ruinas, rodeada por los testigos de ocasión que contaban una y otra vez sus nerviosas retahílas:

Lo vi todo... yo sí presentía que algo malo iba a pasar... Virgen santísima, ese cable se reventó con un chasquido y ese animal rugía como un león, bueno, como un tigre, eso: como un jaguar... Yo estaba parada aquí viendo cómo bajaban la jaula, cuando oí el estruendo y ese tigre salió corriendo y me pasó cerquitica, como a unos 100 metros, y me miró con esos ojos amarillos, amarillos, tan amenazadores, que creo que así debe mirar el diablo, y yo quedé totalmente paralizada y solamente pude darme la bendición cuando ese animal ya se había prácticamente esfumado en la selva...

Morisukio y Vai Mashé examinaron la jaula deteriorada y allí descubrieron el rastro —como si fuera una estela de luz— dejado por la fiera asustada. Siguieron las huellas por entre la vegetación en busca del espacio que ella quisiera convertir en querencia para desde allí aplacar sus temores y empezaron a llamarla con palabras cariñosas y con el nombre de su espíritu para lograr su confianza:

Niña... *Siaky*... chiquita... *Siaky*... amiga... y, entonces, escucharon su breve rugido, ronco, de confianza, vieron moverse la vegetación y la tuvieron a la vista.

Debían apresurarse a rescatarla, pues en ese mismo momento se acercaban los cazadores expertos con munición viva en las recámaras de las armas, los dedos en los gatillos y los ojos avizores a cualquier movimiento en la espesura, pues seguían las mismas huellas de la fiera que habían rastreado Morisukio y Vai Mashé.

Los perseguidores armados estaban prácticamente encima de ellos, por lo cual Morisukio y Vai Mashé debían dejarse ver, retomando otro papel al pasar del espacio mágico a este, que llamamos la realidad de las tres dimensiones. Gracias al poder del *Espíritu del Amazonas* y *Señor de los animales*, aparecieron como biólogos especialistas en manejo de fauna silvestre, con especialización en felinos en situación de estrés.

Se presentaron delante de los hombres armados y les mostraron el teléfono satelital con el cual se comunicaban con el comité de acción, y exhibieron el rifle de aire comprimido que ya tenía inserto el dardo con el somnífero, una mezcla de ketamina y xilazina, los dos poderosos medicamentos recomendados para dormir a los jaguares.

—La tengo a la vista, está a la distancia exacta para aplicarle el sedante adormecedor. No hay necesidad de sacrificarla,

piense en el costo de la inversión para el hotel —decía el doctor Morisukio hablando con el director en jefe del comité.

—Muy bien, póngame en contacto con el jefe de los cazadores expertos —pidió el director, y Morisukio le pasó el aparato.

—Eee... pero, doctor, ¿cómo se le ocurre? Si la tenemos en la mira de las escopetas y los fusiles... hay que matarla porque, mire doctor, es un gran peligro para la gente... Bueno, sí señor, como ordene, señor director, listo, doctor, ya se lo paso... lástima el cuero... —y devolvió el aparato con una mueca entre disgusto y decepción. Se podía apreciar claramente que le habían prohibido rotundamente matar a la fiera.

—Tiene una oportunidad solamente, pero si llega a fallar y el animal se nos echa encima, nosotros disparamos —señaló el jefe de los cazadores con el ceño fruncido y mostrando su poderosa escopeta de dos cañones cargada con munición gruesa, la que usaban sus abuelos para matar jaguares desde un cambuche guindado en las alturas.

Cuando llegó el momento de aplicar el medicamento, Morisukio era el profesional veterinario de todos los quilates que verificó el contenido del dardo, así como la potencia de la dosis y, apuntando cuidadosamente al animal que se encontraba echado en actitud expectante, oprimió el gatillo y la saeta salió veloz y se incrustó en el flanco de la desconcertada hembra de jaguar, inyectándole el poderoso somnífero que empezó a hacer efecto casi de inmediato.

Siaky, *la que canta en la noche*, habría podido atacar cuando sintió el pinchazo, pero miró directo a los ojos a Morisukio, luego a Vai Mashé y no se movió de ese lugar, pues su espíritu hizo contacto con quienes venían expresamente a salvarla y se dejó llevar por la somnolencia de la droga hasta que, en pocos minutos, quedó profundamente dormida.

Como medida preventiva, le ataron las manos y le cubrieron la cabeza con una frazada para que al cesar el efecto del anestésico no viera la escasa luz del comienzo de la noche, que para ella era diáfana claridad gracias a la mácula del fondo del ojo que potenciaba su vista en la más profunda oscuridad.

Luego, fue llevada en guando metida en una hamaca, pasando un tubo de dos y media pulgadas por los ojetes de los guindos, para que los seis o siete cazadores que pensaban matarla tuvieran que izarla y, luego, transportarla por el pasillo de madera hasta la prisión, en la jaula de los jardines del hotel. Allá quedó, finalmente, para descanso de Morisukio y los suyos.

Tan pronto como Siaky, *la que canta en la noche*, quedó a salvo en la jaula del hotel, todavía dormida, los miembros del comité de acción recibieron una oferta de un filántropo desconocido —no quiso divulgar su nombre— para llevar a la fiera a un centro internacional de conservación avalado por el programa *La ruta del jaguar*.

Este proyecto propicia la conservación y comunicación entre los segmentos de selva por donde eventualmente pueden transitar los jaguares, desde las selvas de Yucatán, en México, pasando por el Petén guatemalteco, las selvas del Darién, en Panamá, y los corredores selváticos de Colombia, Ecuador, Perú y Brasil hasta las selvas del Chaco y Misiones, en el norte de Argentina.

¿Quién podría ser ese desconocido benefactor?

Nadie lo supo en el comité de acción, pero la oferta no pudo ser rechazada. La única condición exigida por el comprador fue desarmar esa jaula y no tener fieras prisioneras, ni en el entorno del lugar, ni en el folleto promocional del negocio.

—Si quieren ver jaguares, búsquenlos en las selvas protegidas donde deambulan libremente —fue la perentoria frase con la cual finalizó la comunicación.

En ese momento, en otro extremo de la selva, faltaba muy poco tiempo para ejecutar la sentencia de muerte sobre Taro, el otro jaguar que había mandado su luz pidiendo auxilio a Vai Mashé, en el jardín del Curupira.

Era necesario ir a rescatarlo.

Capítulo 7

Historias de jaguares II

Esta es la dolorosa vida del prisionero Taro, el primer hijo varón.
De cómo se salvó el jaguar condenado a muerte,
gracias a una ramificación de la senda del destino.

Taro, cuyo nombre significa *primer hijo varón*, era el otro jaguar, contemporáneo de Siaky, que tenía una historia semejante. La madre había sido capturada huyendo de un monstruoso incendio en la selva, acompañada de su único hijo, un cachorro macho.

Acorralada por las llamas en las afueras de una aldea de colonos, los cazadores la remataron debajo de un cobertizo de tablas con techo de palma. El cachorro fue capturado vivo y llevado por uno de los hombres a la ciudad, donde negociaban las pieles, la carne ahumada y los animales apresados.

En el camino del río, el cachorro circuló escondido por los crueles senderos del mercado clandestino de fauna silvestre, y terminó comprado por un indígena de Porto Riso (Puerto Sonrisa), un poblado brasileño. Se llamaba Anastasio dos Santos, y era un tipo flaco y alto, de piel amarillenta, con la mirada un poco perdida y de los aficionados a ingerir constantemente el alcohol de la bebida llamada cachaza. Tenía el rostro deformado, con la carraca torcida de quienes tan solo poseen unas pocas muelas en el maxilar superior y una hilera de escasos dientes en la mandíbula inferior.

Allí le dieron el nombre de Taro, *el primer hijo varón*, y lo mantuvieron enjaulado, mal alimentado y criado como un

gato grande. El primer año de vida lo cumplió atado a un árbol con un collar al cuello y una cadena de amarrar perros, convertido en una atracción turística. Por unos pocos pesos, soles, reales, dólares o euros, los visitantes se tomaban fotos con la fiera que Anastasio dos Santos presentaba como "el feroz tigre amazónico".

El hombre lo exhibía al pie de una tarima sobre el nivel de desborde del agua, donde sobresalía un delfín tallado en madera, al cual le habían empotrado un palo de capinurí o chuchuguaza, el árbol cuyas ramas semejan falos erectos. En ese lugar, recibían a los turistas y les relataban la leyenda según la cual los delfines rosados enamoran y conquistan a las muchachas que se bañan en el río Amazonas.

Taro, el jaguar, compartía un triste destino con otras maravillas de la selva sentenciadas al manoseo y la sonrisa nerviosa de quienes llegaban con sus cámaras y teléfonos celulares a registrar la imagen en una autofotografía —llamada selfi—, como recuerdo de haber estado en la salvaje jungla amazónica.

Posaban con un mono churuco de pelaje áspero, degenerado por la desnutrición y la diarrea; un tucán y una guacamaya desplumados; una boa debilitada por el hambre; una capibara jovencita; un perezoso lentísimo, adormilado por la inapetencia; una gran tortuga matamata, con su caparazón reseco por estar fuera del agua; un pequeño caimán negro; y una babilla con las mandíbulas atadas, para evitar posibles ataques o mordiscos con los dientes a los visitantes.

Cuando uno de estos animales moría por el maltrato y el manoseo, simplemente lo encargaban a los cazadores furtivos, quienes asolaban la selva o el río hasta conseguir otro que mantuviera completo el espectáculo.

El destino del jaguar cambió el día que mordió a su dueño.

Anastasio dos Santos lo mantenía sometido con la cadena y un garrote, hasta la mañana en que el animal se negó a moverse para salir de su jaula —no siempre se amanece con ánimo de ir a laborar— y llegar al lugar de trabajo al pie de la tarima con el delfín de madera donde los turistas se tomaban las fotografías de rigor con la fiera.

—¡*Mova porra!* (¡Muévase carajo!) —gritó el hombre, hurgándolo con el palo de macana y halándolo con fuerza de la cadena.

Taro, *el primer hijo varón*, respondió al castigo que despertó su dormido instinto de cazador y, con un rápido movimiento, saltó de su jaula y sus fauces clavaron limpiamente los colmillos en la rodilla del carcelero, comprometiendo los ligamentos de la rótula.

—¡*Ele mordeu meu joelho, ele vai me matar!* (¡Me mordió la chocozuela, me va a matar!) —exclamó aterrorizado Anastasio dos Santos, dándole mandobles con el madero en la cabeza, hasta que lo obligó a soltarle la rodilla.

De inmediato, vinieron los vecinos y contribuyeron a encerrarlo de nuevo en la pequeña jaula donde pasaba la noche. Después del ataque, Anastasio dos Santos fue llevado al puesto de salud para que le hicieran las curaciones de rigor en las heridas que por varios meses le dejaron inmóvil la pierna derecha, obligándolo a caminar con un par de muletas de palo.

Como consecuencia de ese episodio, la comunidad de Porto Riso determinó que Taro, *el primer hijo varón*, no servía para que los turistas se tomaran fotos con él y fue sentenciado a la pena de muerte, bajo la grave acusación de aleve ataque a indefenso ser humano.

Gracias a la divulgación exagerada por las redes sociales, la noticia de la ejecución de la fiera, junto con el rumor de lo

sucedido, creció en proporciones que rebasaron los límites del Amazonas, hasta el punto que vinieron periodistas de varios medios del mundo —el *New York Times*, *Le Monde* de París, *El País* de España, el *Wall Street Journal*, la *BBC* de Londres, la *Deustche Welle* de Alemania, *CNN* de Atlanta, solo por mencionar unos pocos—, interesados por indagar acerca del jaguar devorador de hombres del Amazonas, al cual le achacaban numerosas víctimas y varias desapariciones de exploradores y turistas.

Cuando los periodistas vieron al animal en tal estado de desnutrición y abandono, tuvieron que exagerar la noticia y —para no perder el viaje— enviaron corresponsalías informando que la fiera era de lo más monstruoso que se había visto en el Amazonas y se pusieron de acuerdo en que, por respeto al público y a los familiares de las víctimas, habían decidido no mostrar imágenes de la bestia.

Sin embargo, lo que quedó muy claro y trascendió en los noticieros fue que todos los periodistas se tomaron fotos en la tarima con los demás animales manoseados y con el delfín de palo bien dotado, ocasionando un alza en la venta de bebidas afrodisíacas a base de chuchuguaza o capinurí.

Con todas las medidas de seguridad garantizadas para Siaky, *la que canta en la noche*, Morisukio y Vai Mashé siguieron tras la senda de luz que había dejado el espíritu de Taro, *el primer hijo varón*. Los destellos los llevaron hasta un lugar en el corazón del río Solimões, que es el nombre que los brasileños le dan al río Amazonas, hasta llegar al poblado indígena de Porto Riso donde el jaguar, en su estrecha jaula, esperaba la pena de muerte.

¿Qué sucesos extraños, qué hechos maravillosos podían impedir la ejecución?

Ocurre que hoy en día nada escapa a las redes sociales. Fue así que alguien logró llegar con su celular de última generación hasta la casa de Anastasio dos Santos, en la aldea de Porto Riso, y lo entrevistó. Con toda la inocencia del mundo, apoyado en la muleta de palo y con la pierna hinchada y ligeramente levantada hacia adelante —no podía apoyar el pie por el dolor tan intenso—, confesó cómo habían ocurrido los hechos:

—*Eu tentei forçá-lo para fora da gaiola e ele não queria sair, eu tive que dar um golpe e ele me mordeu* (Intenté sacarlo a la fuerza de la jaula y él no quería salir, así que tuve que darle un golpe y él me mordió) —dijo Anastasio dos Santos, señalando la rodilla desbaratada por los colmillos.

Ese video fue a parar a las redes sociales y tuvo millones de reproducciones. Se volvió viral.

Era imposible negar esta evidencia, y de inmediato los corresponsales de los medios tuvieron que rectificar su información y ponerse del lado de los ecologistas, los ambientalistas, los conservacionistas, la WWF (Fondo Mundial para la Conservación de la Fauna), la IUCN (Unión Internacional para la Conservación de la Naturaleza), la cual ha catalogado al jaguar como especie amenazada para algunos países y en peligro de extinción para otros, con su foto en el *Libro Rojo,* y The Rainbow Warriors (Los guerreros del arcoíris), que luchan por la protección de todas las formas de vida, desde las ballenas hasta los diminutos seres del plancton que alimentan a los grandes cetáceos.

Hubo comunicados de The Nature Conservancy (La conservación de la naturaleza), entidad dedicada a la supervivencia de los ecosistemas, cuyos miembros ponen cámaras en los bosques y se alegran al ver un jaguar donde todos creían que

se habían extinguido; y de las fundaciones Alma, Taller de la Tierra, Ikozoa, Natura, Penca de Sábila, Cataruben, La Palmita y la Corporación Semilla, entre otras; además de PFF (Parents For the Future), una organización mundial de gente preocupada por el destino del planeta.

Muy pronto, se pronunciaron la Asociación de Reservas de la sociedad civil; su santidad el papa Francisco, quien escogiera el nombre del santo, hermano del lobo y, por extensión, de los demás animales, así no hubiera conocido personalmente al jaguar allá en su aldea de Asís, y en caso de que lo hubiera visto habría quedado registrado en los frescos de Giotto, en Padua; el príncipe Felipe de Inglaterra, heredero de la Corona del Reino Unido y gran adalid de las causas ambientales; las estrellas de cine; las reinas de belleza que declaran con la corona en la cabeza y el cetro en la mano que "durante mi reinado me dedicaré a defender a los niños pobres y los animalitos maltratados, pues ellos son el futuro de la patria".

Tampoco se quedaron atrás los cantantes de moda conscientes de que estar con la naturaleza es estar en la onda de la actualidad y de que hacerle una canción al jaguar condenado a muerte podría significar recibir un premio Grammy; incluso se pronunciaron las federaciones de tiro, caza y pesca, diciendo que ellos son los primeros conservacionistas, porque si no hay animales, "¿contra qué vamos a descargar nuestras armas? Pero dispararle a un tigre flaco amarrado en una jaula no es deportivo, por lo tanto, pedimos que le perdonen la vida".

Los periodistas empezaron a recibir por los medios audiovisuales, reales y virtuales —Internet, Twitter, Facebook, Instagram, WhatsApp, Telegram, Spotify, Snapchat—, correos electrónicos, páginas web, redes sociales, e incluso por nuevas modalidades de la informática que apenas estaban siendo sometidas a prueba, una avalancha de mensajes pidiendo

respetar la vida del jaguar, que al principio fueron miles, luego millares en el transcurso del día y, finalmente, millones
al caer la tarde —reiteramos: se volvió viral—, y desbordó el
planeta al llegar la noche, cuando los satélites amenazaron
con colapsar y caerse desde el alto cielo debido a la excesiva
carga de información que atiborraba las redes.

En la aldea de Porto Riso no sabían cómo proceder, pues el
prefeito o alcalde no se atrevía a dar la orden de dispararle
al jaguar, ya que sabía que o chefe da policia (el comandante
de la policía) se negaba a pegarle un tiro delante de las cámaras de tanto noticiero y porque, además, consideraba en
el fondo que el pobre animal no merecía semejante destino.

Cada cinco minutos llegaba la secretaria del alcalde con nuevos folios y manotadas de mensajes que hacían tintinear y colapsar los celulares, las pantallas de los computadores y todos
los medios de la informática con más y más correos pidiendo
conmutar la pena de muerte del jaguar, desvirtuando las infor-
maciones de los grandes medios que afirmaban que el condenado a la pena capital era una bestia feroz del Amazonas.

En medio de la avalancha de correos electrónicos, llegaron
Morisukio, Vai Mashé y los indígenas que venían a negociar
la libertad de Taro, el primer hijo varón, y para ello se hacía
necesaria una solución pacífica y magnífica, que los dejara
contentos a todos.

Las aves descendieron a un costado del pueblo y de inmediato retomaron la forma humana. Cuando llegaron, llamaron
la atención del enjambre de reporteros y camarógrafos, que
se acercaron a entrevistarlos. Eran una colorida delegación
de numerosas comarcas amazónicas. Noticia grande, porque
traían en su poder la salvación del jaguar que estaba a punto
de ser sacrificado.

Pronto corrió la voz y los medios se enteraron de que el líder de esa comitiva era un famoso científico llamado el doctor Morisukio y portaba el poder de negociación entregado por un famoso filántropo cuya identidad quería que se mantuviese en absoluta reserva, y quien estaba interesado en el rescate y la rehabilitación del jaguar condenado a muerte.

La nube de periodistas, reporteros y corresponsales se movía como un hormiguero sudoroso con sus aparatos, grabadoras, teléfonos y micrófonos de última generación siguiendo al grupo tan heterogéneo de curacas, chamanes, payés, hechiceros, brujos y curanderos que habían llegado convocados por Vai Mashé para salvar a Taro, *el primer hijo varón*.

—¿Doctor Morisukio, a dónde piensan llevar la fiera sin que haya peligro de que ataque a alguien? —preguntó una hermosa reportera rubia, con ojos color cielo azul, de la cadena CNN, mientras hacía lo posible por disimular su incomodidad con la nube de zancudos, tan grandes que se les veía a distancia el aguijón que le atravesaba la tela de su camisa color caqui estilo safari, de varios bolsillos, charreteras y mangas recogidas con una tira del mismo material y un botón de cacho, con los tres primeros broches sensualmente abiertos, de manera que se vieran los sutiles encajes del corpiño.

—Esta selva es muy grande y a pesar de ello ha sido demasiado intervenida por el ser humano, la única especie que destruye el hábitat que le da vida, como sucede con los virus, pues dondequiera que pone la mano, deja la huella de su pie. Este jaguar es un ejemplo vívido y trágico de esa situación. Pero, afortunadamente, todavía quedan algunos relictos de bosque y en el mundo hay personas y entidades que aman la vida, como quien se ha ofrecido a darle una oportunidad a Taro, *el primer hijo varón* —respondió Morisukio, hablando al mundo para la célebre cadena de noticias.

—¿Podemos conocer el nombre del benefactor, o los bene-factores? —inquirió la bella periodista, mientras el sudor le hacía correr el maquillaje y la pestañina sin que ella pudiera evitarlo, y a su lado se veía la nube de insecticida que le lan-zaban sus asistentes para espantar los zancudos.

—No, lo siento mucho, esa persona ha pedido estricta confi-dencialidad en este caso —explicó Morisukio, mientras firma-ba una serie de pliegos que le pasaba el prefeito o alcalde de Porto Riso, así como los originales y varias copias de los docu-mentos en diversos idiomas (inglés, francés, portugués y espa-ñol), dirigidos a los demás países de la cuenca Amazónica, a saber, Colombia, Ecuador, Perú, Bolivia, Venezuela, Surinam, Guyana y Guayana Francesa, para que el animal pudiera tener completa libertad de movimiento en cualquiera de ellos.

—¿Será alguno de los multimillonarios dueños de empre-sas de informática y telecomunicaciones del Napa Valley de California, que quiere tener al jaguar como su símbolo de audacia corporativa?

—¿Será un potentado chino de la industria textil?

—¿Será un millonario ruso de la nueva generación del capi-talismo petroquímico de la ex Unión Soviética?

—¿Será algún cantante forrado en oro que no sabe cómo gastar su fortuna?

—¿Será algún magnate de la moda que quiere hacerlo des-filar con las modelos, para imponer las manchas del jaguar en las nuevas temporadas que se avecinan en Milán, París y Nueva York?

Todas esas eran las cábalas y los interrogantes que hacían los periodistas, cada uno detrás de la primicia informativa del extraordinario documento periodístico que ya le daba varias vueltas al planeta.

Pero Morisukio no dio el brazo a torcer, mantuvo la reserva del sumario hasta terminar de firmar los folios en cuatro idiomas que garantizaban la libertad de Taro, *el primer hijo varón*, mientras las grandes cadenas de noticias estaban pendientes en todos los continentes.

En Asia, se trasnochaban esperando el desenlace de los acontecimientos, y tanto Europa como Estados Unidos y los países árabes habían paralizado sus actividades de las bolsas de valores, pues las acciones podrían subir de valor o reventar en caso de conocerse la respuesta.

Una vez finalizado el procedimiento, se procedió a la autenticación de la pila de documentos, teniendo como testigos a los curacas, chamanes, payés, hechiceros, brujos, curanderos y demás emisarios de los pueblos nativos de la Amazonia convocados por Vai Mashé.

El procedimiento se hizo en presencia del único notario disponible que pudieron conseguir en esa emergencia. Se trataba de Flaminio Benjumea, un colombiano del departamento de Antioquia, quien por casualidad hacía su recorrido de ida y regreso a lo largo del Amazonas, remontando el Ucayali y el Marañón, e incluso llegando hasta la isla de Marajó, donde el Río Madre desemboca en el Atlántico.

Quiso el destino que en este momento el señor Benjumea estuviera en la línea Manaos-Leticia-Iquitos, deteniéndose en las pequeñas aldeas olvidadas de Dios y los gobiernos de los respectivos países. Su noble labor consistía en legalizar matrimonios, legitimar divorcios, testificar registros civiles de recién nacidos, sancionar acuerdos de compraventa y demás trámites propios de su oficio.

Enseguida, Morisukio entregó el lapicero a Anastasio dos Santos, quien llegó a un acuerdo con el filántropo para no instaurar una demanda por daños y perjuicios que los llevaría a un larguísimo trámite en los tribunales y, a cambio, recibiría una jugosa indemnización por la mordedura del jaguar, con la promesa de no volver a ejercer el oficio de la cacería ni mostrar animales cautivos a los turistas.

—*Sinto-me muito feliz para salvar a vida do jaguar, mas eu sou muito mais feliz em receber este dinheiro* (Me siento muy feliz por salvar la vida del jaguar, pero me alegra mucho más recibir este dinero) —expresó Anastasio dos Santos con su sonrisa desdentada y tomando con avidez el fajo de billetes que le entregaba Morisukio en nombre del filántropo.

Una vez finalizado el procedimiento y con todos los papeles y la documentación en regla, Morisukio y los emisarios indígenas de Vai Mashé se dirigieron desde la prefeitura de Porto Riso hacia la jaula de Taro, seguidos por la nube de periodistas y el enjambre de mosquitos, esquivando los charcos de aguas negras de la pequeña población palafítica, espantando niños, perros y cerdos, al paso lento y cojeante de Anastasio dos Santos, para iniciar la operación de transporte del jaguar salvado de la muerte hacia un nuevo destino.

Los noticieros internacionales y los diarios de todo el planeta, las redes sociales y las grandes cadenas mundiales de televisión, de Alaska a la Patagonia, de Siberia a Ciudad del Cabo, de la península de Kamchatka hasta Australia y Nueva Zelanda, mostraron a los millones de televidentes cómo los chamanes, curanderos, brujos y curacas amazónicos realizaban una ceremonia de limpieza espiritual y perdón ante el jaguar Taro, que estaba extrañamente tranquilo, sin necesidad de doparlo ni anestesiarlo con la mezcla de ketamina y xilazina, como si supiera que empezaba para él una nueva vida.

Después, los ojos del mundo, que son las grandes redes de comunicación satelital, mostraron cómo los indígenas ataban hábilmente la jaula del jaguar con bejucos de la selva y corteza de punga que da una fibra especial para amarres, la llevaban en guando al campo de fútbol de la aldea, y a una llamada del teléfono satelital de Morisukio apareció sobre el horizonte del gran río un helicóptero militar que haría el procedimiento de traslado de la jaula.

Del aparato descendieron dos oficiales de alto rango, en uniforme de fatiga, uno de la Fuerza Aérea y el otro del Ejército. Se agacharon levemente al salir del aparato para evitar las aspas del helicóptero y agarrándose las gorras para impedir que se las llevara el fuerte turbión del ventarrón levantado por las hélices, que les hacía gualdrapear el uniforme en medio de una nube de polvo.

Una vez fuera del área de peligro, se irguieron y caminaron militarmente, dirigiéndose en busca de Morisukio y los indígenas de Vai Mashé, a quienes hicieron un saludo militar poniéndose firmes. El ribete sobre el bolsillo del oficial de la Fuerza Aérea decía Rubiano-Groot y el del oficial del Ejército, Velásquez Román.

El enjambre de periodistas se acercó a los oficiales y, de inmediato, hicieron las preguntas de rigor extendiendo los micrófonos, las cámaras, las grabadoras y los teléfonos, casi hasta cubrirles los rostros.

—Aquí transmitiendo en exclusiva y en directo para los televidentes de nuestro canal, con la primicia informativa de la salvación de Taro, el jaguar que había sido condenado a muerte y ahora va camino de la libertad y de una nueva vida —decían todos los periodistas del enjambre, usando las mismas palabras.

—Están con nosotros los oficiales de la Fuerza Aérea y el Ejército. Por favor, coronel Rubiano-Groot, díganos para CNN Internacional, ¿a dónde llevarán al jaguar? —preguntó la bella periodista rubia, ya un poco más despelucada y con el maquillaje muy desleído.

—Es a un destino en el Amazonas que no nos está permitido revelar, pues esta operación tiene reserva y confidencialidad de asunto de Estado —respondió con una amplia sonrisa el coronel de la Fuerza Aérea.

—Muchas gracias, pero ¿por qué viene un coronel del Ejército? —lanzó la pregunta al oficial Velásquez Román.

—Como les dijo mi coronel Rubiano-Groot, esta es una misión estrictamente secreta, y solamente estoy autorizado por mis superiores para informar que Taro, el jaguar, pasará una temporada con una brigada especial de lucha en la selva de nuestro Ejército, pues los lanceros, los rangers y las fuerzas especiales tenemos mucho que aprender de él y él de nosotros. Por el momento, viajaremos también con el doctor Morisukio llevando toda la documentación en regla, tanto en medio magnético como impreso, para certificar la libertad del jaguar.

—Muchas gracias, coronel. Ahora, desde el corazón de la selva amazónica, dejándolos con las imágenes del transporte de Taro, el jaguar que ha conmovido con su historia a millones de personas a lo largo y ancho del planeta, informó para ustedes su corresponsal Angie McDowell para CNN Internacional.

La periodista volvió ligeramente la cabeza para que el camarógrafo siguiera ese movimiento y la cámara mostrara cómo abordaban el aparato los dos militares y el doctor Morisukio, quien portaba el fajo de documentos en varios

idiomas y la memoria USB con la información en formatos Word y PDF.

El helicóptero encendió motores y se levantó suavemente llevando la jaula, hizo un pequeño giro sobre la multitud, alejándose por encima del gran Río Madre hasta convertirse en un pequeño punto que, finalmente, se perdió en el horizonte de la inmensa selva amazónica.

Taro, *el primer hijo varón*, acababa de salvarse y empezaría una nueva vida. Vai Mashé y los curacas convocados agitaron sus manos en señal de despedida. Ese mismo día, emprendieron el camino por uno de los senderos en medio de la selva que llevaba a Porto Riso, y fueron convirtiéndose en las aves que siguieron por el aire y bajo el cielo la ruta del helicóptero.

Sabían que muy pronto volverían a verse con Morisukio y el jaguar. La cita era en el jardín del Curupira.

Capítulo 8

El retorno al jardín del Curupira

De cómo los jaguares volvieron al refugio de la selva.

Desde la margen derecha del gran río, los periodistas vieron perderse en la lejanía el helicóptero con la jaula donde dormitaba tranquilo Taro, el jaguar rescatado de las garras de la muerte. El aparato recorrió el dosel del bosque y se acercó al complejo hotelero en medio de la selva donde la hembra reposaba en un encierro reforzado con barrotes de acero.

La nave con Taro llegaba a tiempo para recoger a Siaky, según lo acordado con los miembros de la junta directiva, quienes por unanimidad aceptaron con agrado la generosa oferta de un desconocido filántropo, cuyo nombre no quiso que fuera divulgado, para llevar la fiera a un centro internacional de conservación en el centro de la Amazonía, avalado por el programa conocido como *La ruta del jaguar*.

Con la debida antelación, las directivas del hotel habían convocado al comité de acción a una reunión extraordinaria para informar del destino de la fiera enjaulada. Conscientes de que dicha organización había sido creada para contrarrestar la emergencia, decoraron el salón de recepciones con selváticas flores como heliconias de vivos colores, pálidas orquídeas, lirios acuáticos del gran nenúfar llamado Victoria regia, así nombrado por el duque de Devonshire en honor de su majestad, la soberana del Reino Unido de Gran Bretaña e Irlanda y emperatriz de la India. Pendían campánulas de la venenosa Brugmansia, también conocida como

trompeta de ángel y engalanaron las mesas con canastas de bejuco repletas de frutas de la manigua.

El ambiente se llenó con embriagadores perfumes de arazá, copoazú, camu-camu, asaí, ananás y bacaba, entre otros, que deslumbraron a los representantes de las fuerzas vivas de la nación, los altos mandos de las variadas milicias, los delegados de las diferentes iglesias, de la Defensa Civil, de la Cruz Roja, de los periodistas de los medios nacionales e internacionales, así como del grupo de exploradores y cazadores expertos, gentilmente atendidos por bellas reinas y candidatas locales.

—Es para nosotros un verdadero motivo de alegría poder comunicarles que en el día de hoy daremos por finalizado el cruento episodio relacionado con la desafortunada evasión de la tigra, que estuvo a punto de causar una tragedia de inimaginables proporciones —dijo el gerente del hotel, debidamente custodiado por su esquema de seguridad privada.

—Gloria a Dios en las alturas por librarnos de la demoníaca fiera —oró el señor obispo, con los brazos abiertos y sus manos extendidas en actitud de alabanza hacia el cielo, respaldado por los *Sí Señor* y los repetidos *amén y amén* de los pastores de las varias iglesias fundadas en la selva para reclutar almas con destino a los variopintos cielos y tierras prometidas.

Estaban presentes los altos mandos militares, en representación del Ejército en sus diferentes ramas y especialidades —infantería, caballería, lanceros, ingenieros, por mencionar algunas—; la Marina de Guerra con sus caballeros del mar y sus infantes, grumetes, navegantes y tripulantes de barcos, buques, guardacostas, submarinos y fragatas; la Fuerza Aérea, con tropas expertas en aviones, helicópteros y aerodinámicos transportes que llegan a los más apartados territorios de la nación. Allí estaba también la Policía Nacional, personificada en los agentes de tránsito, de carreteras,

carabineros de a caballo y escuadrones móviles antidisturbios (ESMAD) —estos tres últimos cuerpos de relativo poco uso en las profundidades de la selva—, los policías de barrio, los *rangers* entrenados para la lucha en la jungla y los astutos investigadores de los servicios secretos. Todos se pusieron de pie en actitud de saludo marcial y dijeron emocionados, en un gran grito al unísono de sus guerreras voces:

—¡Todo por la patria!

Los valientes hombres de la Defensa Civil y de la Cruz Roja, los unos con sus uniformes naranja y los otros con sus cruces suizas color sangre, se levantaron lentamente y exclamaron a todo pulmón sus lemas:

—¡Prevenir y aliviar el sufrimiento de las personas en toda circunstancia! ¡Siempre listos en paz o en emergencia!

Luego volvieron a sentarse en medio del atronador aplauso que retumbaba como un aguacero.

Los numerosos rastreadores, exploradores y cazadores expertos se mantuvieron en silencio, con las cabezas gachas, llenos de una rabia que no podían ocultar, acariciando amenazadoramente sus armas cortas de casquillo metálico con cabeza de plomo y sus armas largas, fusiles de repetición y poderosas escopetas de dos cañones con municiones de cartuchos plásticos repletos de perdigonada. Su frustración radicaba en el hecho de no haber podido dispararle a la fiera cuando la tuvieron en la mirilla telescópica de sus carabinas de precisión.

Malos pensamientos —se diría que pecaminosos— cruzaron por la frente del obispo, quien con un inocultable movimiento nervioso apretó el Cristo de oro que colgaba en su pecho sostenido por una cadena dorada ("guindado en áurea sucesión de eslabones", diría el poeta).

Los atentos militares también percibieron lo que presentía el prelado y se llevaron raudos la mano derecha a las empuñaduras de sus armas de dotación; los miembros de la Defensa Civil y de la Cruz Roja miraron preocupados hacia el extremo del salón de conferencias, donde habían dejado sus morrales con equipos de rescate y elementos hospitalarios de primeros auxilios en caso de emergencia o de catástrofe, listos para auxiliar damnificados o heridos, conscientes de que aquí se estaba gestando una verdadera calamidad, una atroz carnicería.

Las imágenes premonitorias de la tragedia corrieron durante unos instantes por los pensamientos de los asistentes. El gerente del hotel volvió a vislumbrar las instalaciones vandalizadas, no por las garras del jaguar o el terror de los huéspedes, sino por los súbitos disparos vomitados por las bocas de las armas de cacería, ahora dirigidas hacia las humanidades de los notables personajes del clero, la política, la industria hotelera y las fuerzas armadas.

Como en las películas americanas, por las mentes desfilaron las ráfagas reventando cabezas cual calabazas de *Halloween* o *Día de Brujas*, dejando salpicaduras rojas en las paredes, empujando cuerpos con ráfagas que destrozaban los pechos y los arrojaban con la fuerza de patadas de mula o embestidas de toros bravos, mientras las manos intentaban agarrarse inútilmente de los manteles que rodarían llevándose los floreros con heliconias y otras bellezas de la flora amazónica, desparramando los canastos con frutas perfumadas en medio de la gritería más espantosa, en un caos aún mayor que el que habría podido causar la tigra escapada de la jaula.

Cuando sonaron los cerrojos de todas las armas desenfundadas y dispuestas a hacer lo suyo, con los dedos atentos a esa orden invisible del pánico para accionar los gatillos y empezar a vomitar plomo, en esa pequeña eternidad de un

silencio helado, los miembros del comité de acción se paralizaron mirándose entre ellos a la espera de quién tomaba la iniciativa.

Entonces, se escuchó el rumor creciente del motor del helicóptero sobrevolando el hotel y el gerente salió del estrecho círculo donde lo había encerrado su seguridad privada.

—¡Señores, han llegado a recoger la fiera! —gritó con los brazos extendidos, mostrando las sudorosas y temblorosas palmas de las manos, dirigiéndolas alternativamente hacia los cazadores y hacia los militares, quienes cuidadosamente retiraron los dedos de los gatillos y poco a poco volvieron a sonar los cerrojos de seguridad del armamento para que los instrumentos que se afinan en los conciertos de la muerte volvieran a sus fundas.

Una vez recobrada la calma, el gerente del hotel propuso un brindis y les pidió a las bellas reinas que atendían a los invitados, servirles una ronda de *whisky* bien cargado y con abundante hielo para terminar de enfriar los ánimos.

—A su reverencia el monseñor dele vino de consagrar, que eso es lo que le gusta —le pidió con un cuchicheo a la señorita Canangucha, una de las candidatas, porque en ese momento ya descendía el helicóptero agitando con el turbión de sus aspas los techos de palma caraná bellamente tejidos por las hábiles manos indígenas.

Poco a poco, y ya en perfecta calma y armonía, salieron a la explanada para observar la habilidosa maniobra de depositar suavemente la jaula de Taro al lado de la de Siaky, que miraba con cierta aprensión todo lo que sucedía, pero se tranquilizó cuando las aspas del helicóptero se detuvieron y descendieron los dos militares con Morisukio, quien se acercó a los barrotes y la miró fijamente.

Luego le mostró el manojo de documentos impresos en varios idiomas y la memoria USB con los permisos internacionales y el gran fajo de billetes, como diciéndole aquí está tu libertad.·

Acto seguido, los militares y Morisukio fueron invitados al salón de recepciones perfectamente bien decorado con flores y frutos amazónicos, sin una gota de sangre o de contenidos intestinales que habrían podido haber quedado esparcidos en el caso fortuito de un tiroteo que reventara vísceras y descontrolara esfínteres, regando por todas partes los refrigerios y las frutas semidigeridas en el curso de la mañana por los miembros del comité de acción.

Morisukio expuso ante los notables el convenio enviado por el anónimo filántropo que cubrió todos los gastos de la operación, incluyendo la manutención de la fiera, la soldadura eléctrica y autógena que demandó la reparación de la jaula, así como los servicios generales de aseo y agua, y demás necesidades sentidas.

Con inocultable avidez, el gerente del hotel estampó su enrevesada firma en los documentos en español, portugués, inglés y francés, convencido de que se quitaba un problema de encima y podía obtener alguna ganancia extra redireccionándole a Morisukio la considerable suma de los costos generados por la conformación del comité de acción:

—El sacrificio, el compromiso, la dedicación y el tiempo invertido por este selecto grupo merecen un mínimo reconocimiento económico a su loable y desinteresado esfuerzo —expresó—, además de los consumos generados por la presente reunión, ya que la empresa no escatimó en brindar los más finos licores, conseguir las flores más exóticas y rastrillar la selva en busca de las frutas más insólitas —reiteró.

Con un gesto de la mano que abarcó todo el recinto, especificó que debía contabilizar, además, lo invertido en el diseño del salón, preciosamente decorado por un frágil caballero de modales femeninos venido de la capital, que se quejaba del calor y se refrescaba con el balanceo constante de un abanico español.

—No hay inconveniente —dijo Morisukio, y sin ningún titubeo puso otro fajo de billetes sobre los documentos firmados, haciendo aparecer en los ojos del empresario un brillo incierto que no podía disimular su alegría.

Acto seguido, Morisukio hizo escanear, imprimir y archivar los manuscritos en una memoria USB, usando el formato PDF para entregarle al gerente las respectivas copias en papel y en medio magnético, que es lo que estila el protocolo en estos casos. Una vez concluida la ceremonia formal, se dirigieron hacia la explanada donde ya estaba lista la jaula con Siaky, al lado de la de Taro, atadas con cordámenes de fuerte nailon.

El coronel de aviación Rubiano-Groot giró su mano derecha por encima de la cabeza y, con un movimiento de lanzamiento, estiró el brazo en dirección al helicóptero para indicar que debían partir. El oficial del Ejército Velásquez Román y Morisukio abordaron el aparato, ajustaron los cinturones de seguridad, las correas de los cascos reglamentarios, e hicieron la señal de dedo pulgar arriba para indicar que todo estaba en orden. Las hélices empezaron a moverse despacio y adquirieron velocidad, levantando una nube de polvo rojo. Acto seguido, la máquina inició el delicado ascenso con las jaulas de los jaguares salvados de la inminente muerte.

Emprendían camino hacia el jardín sagrado del Curupira, un refugio seguro.

Capítulo 9

La tragedia de Camilo Paulo Pombo de Germán-Ribón

El naufragio del empresario maderero.

El afán que suele acosar a los ejecutivos apresurándolos a tomar decisiones equivocadas llevó al doctor Pombo a creer que podría llegar al campo base de la empresa maderera antes de que se desatara la tormenta.

El empresario ordenó partir de inmediato a pesar de la insistencia del piloto de la motonave Pirarucú de bandera peruana, al servicio de la compañía, quien repetidamente le advirtió de los peligros de navegar en tiempo de invierno y cuando el sol ya empezaba a ocultarse.

Sintiéndose amo del universo y más poderoso que la Madre Tierra, dueño de la capacidad suficiente para pasar por sobre los designios de la naturaleza, se obstinó en embarcarse de inmediato, anteponiendo su autoridad ("o me lleva de inmediato, o pierde el contrato de transporte fluvial con la compañía") y el poder del dinero ("le pago el doble de lo que vale el flete normal").

Ante tales argumentos, el timonel y el práctico en mecánica de motores náuticos accedieron a soltar amarras e iniciaron la odisea que, sin duda, puso en peligro sus vidas.

Una vez iniciada la travesía, el inmenso río Amazonas empezó a agitarse y el cielo se cerró con nubarrones oscuros que

devoraron los pocos arreboles de la tarde, dando paso a la noche con un aguacero apocalíptico que aterrorizó al timonel:

—¡Patrón, esto se puso feo, todavía estamos a tiempo para regresar! —exclamó.

—¡Nada! ¡Siga hacia el campo base, no puedo perder tiempo, yo tengo que estar allá esta misma noche! —gritó a pleno pulmón el doctor Pombo de Germán-Ribón, tratando de sobrepasar con su voz el estampido de la tormenta, y en su afán ofreció duplicar nuevamente el costo del transporte.

A medida que se acentuó la oscuridad, rugió la borrasca y un fuerte ventarrón levantó un tremendo oleaje embravecido que agitó peligrosamente la motonave Pirarucú con sus tres tripulantes: el timonel, el práctico mecánico y el empresario.

La tragedia sobrevino repentinamente cuando la descomunal corriente del Río Madre desenganchó con su poderío una balsa de troncos rollizos provenientes de árboles de 200 años de antigüedad, talados contra la voluntad de la Madre Tierra y Curupira.

La fuerza de la corriente arrastró a ras del oleaje una de las enormes trozas de madera que impactó de lleno, como un torpedo, el lado de estribor, donde estaban encendidas las luces verdes de la señalización internacional.

Los tres pasajeros salieron despedidos por el tremendo encontrón con el tronco, que escoró la lancha llenándola de agua, ocasionando un cortocircuito que hizo explotar los motores, inhabilitándolos de inmediato. La nave Pirarucú se hundió con el chirrido del metal caliente en medio de la oscuridad total; en el bandazo final del naufragio, el empresario recibió un golpe en la cabeza y fue arrastrado por las impetuosas aguas.

—¡Doctor! Doctor! ... ¡Virgen santísima, el patrón se ahogó! —fueron los últimos gritos que escuchó en medio del estruendo del temporal, antes de perder el sentido.

La corriente del gran río arrastró al ejecutivo desmayado, que sobreaguaba gracias al flotador que por algo tiene el alias de salvavidas, con el logo de la compañía, según recomendaban los principios corporativos fundamentales:

 La imagen de la empresa siempre debe aparecer hasta en el más mínimo documento, aparato, utensilio o maquinaria, con el objetivo de generar recordación de la marca, así los empleados y funcionarios estén en lo más profundo de la manigua amazónica.

Cuando el doctor Camilo Paulo Pombo de Germán-Ribón recobró algo de conciencia, sintió que la corriente del río lo arrastraba desgonzado como un pelele, pero el repentino bandazo de una ola lo hizo dar vuelta, de manera que su cara quedó bajo el agua.

Por un instante, tuvo la súbita angustia de estar ahogándose, y vio el largo túnel del silencio y la oscuridad total que según dicen se recorre al morir. Dos reflejos luminosos aparecieron y le hicieron cambiar el rumbo. Vagamente, percibió cómo una pareja de delfines rosados lo sostenía con sus lomos llevándolo hasta un playón, donde lo recibieron varios indígenas quienes lo acostaron, ya desmayado, en una hamaca dentro de una inmensa construcción de madera y palma, en lo más profundo del Amazonas.

Sin tener noción del tiempo, abrió los ojos y creyó que tal vez sí se había ahogado y estaba muerto, pues se encontraba extendido en un lecho suspendido, que se mecía como si estuviera en una atmósfera líquida, en un ambiente espectral dentro del agua. Giró la cabeza y vio un fogón de llamas azules que titilaban con destellos difuminados en el centro de una gran maloca.

A su alrededor, varios indígenas acurrucados lo miraban sin parpadear, como miran los pescados que duermen con los ojos abiertos. Vio que tenían la piel tatuada con dibujos que imitaban la retícula de las escamas de las mojarras, los ocelos del cuerpo del pez tucunaré, las franjas del bagre tigre, los intrincados encajes del macramé de las mantarrayas y las líneas como antifaces sobre el rostro de los escalares.

El náufrago sentía su cuerpo frío como el de las ranas y los sapos con los cuales alguna vez lo habían asustado en la infancia. Le tenía miedo a los batracios que él y sus hermanos recogían en una quebrada de rocas húmedas llenas de lama y musgo, cuando pasaban las vacaciones en la finca de sus abuelos en la zona cafetera.

Su sorpresa aumentó cuando el más anciano de los indígenas percibió la inquietud del cuerpo de ese hombre extendido en la hamaca y agitó sobre él un hisopo de ramas que humedecía en un recipiente de madera tallada, decorado con figuras de animales acuáticos. El doctor Pombo de Germán-Ribón se sintió indefenso y tal vez algo avergonzado cuando se percató de que estaba desnudo, "empelotico como mi Dios lo trae a uno al mundo", según decía su abuela.

Percibió las gotas que salpicaban de la brocha de plantas selváticas y lo inundaban con el agradable calor de la vida, reconfortándolo y rebosándolo con una placidez semejante a la alegría plena que alguna vez había experimentado con los juegos en la infancia.

Tuvo la plácida conciencia de encontrarse a salvo a pesar de estar en ese extraño lugar, abrigado por la tibieza de esa hamaca, mientras el anciano indígena lo tranquilizaba

diciéndole que estaban en Ehtámu, una de las casas sagradas donde habitan los seres acuáticos.

—Somos Wai-Masa, *la gente del agua*. Aquí, en la maloca de las profundidades, tenemos forma humana; pero cuando salimos del río, ustedes los hombres nos ven como peces, delfines, manatíes, anacondas y caimanes, entre muchos pobladores, grandes y pequeños. Somos hijos de Wai-Mashé, el *Espíritu del Amazonas*, y yo mismo soy uno de los curacas invitados al jardín del Curupira.

Una vez tranquilizado, el náufrago del desastre de la motonave Pirarucú se presentó formalmente:

—Muchas gracias, estimado curaca, me honra su amable hospitalidad. Yo soy el doctor Camilo Paulo Pombo de Germán-Ribón, director y gerente del proyecto maderero Amazonas' Fine Woods. Mejor se lo traduzco al español, pues imagino que ustedes más bien poco inglés deben saber. Significa "Maderas finas del Amazonas", y es un extraordinario emprendimiento que va a traer, por fin, el progreso a estas olvidadas regiones...

—Sí señor, los conocemos a usted y a la empresa maderera... —susurró el anciano, con una sonrisa de ojos entrecerrados.

—¿Cómo? ¿Entonces estamos cerca de la civilización? ¡Necesito llegar al campo base cuanto antes! —exclamó emocionado el náufrago.

—Estamos muy lejos. Mejor le recomiendo mirar el fuego de la maloca —le sugirió el curaca señalando el fogón con un movimiento de la cabeza.

El doctor Pombo se irguió levemente en la hamaca y dirigió la mirada hacia las llamas azules que titilaban en el centro de la enorme construcción indígena. Ese fuego fatuo lo sorprendió, porque se vio a sí mismo, como si estuviera delante de un espejo mágico.

Aparecieron en una extraña sucesión las imágenes del enrevesado árbol genealógico de sus aristocráticos apellidos, que habría podido explorar hasta los homínidos del paleolítico que salieron del África a conquistar el planeta Tierra. Pero se emocionó al ver a los abuelos que tanto amaba porque con ellos vivió vacaciones inolvidables en la finca cafetera, donde sus hermanos lo asustaban con las ranas y los sapos de la cantarina quebrada de piedras tapizadas de musgo.

Su pensamiento flotó, como si fuera un ángel del amor, por la catedral donde el obispo monseñor de Brigard celebró la ceremonia de bodas de sus padres, la sofisticada recepción en el club más aristocrático del país, la luna de miel en la colonial Cartagena de Indias, en la Casa de Huéspedes Ilustres, gentilmente ofrecida a la pareja de recién casados por el mismo señor presidente de la República.

Y se vio recién nacido. Luego, recorrió su infancia con sus dos hermanos, su adolescencia con algunas travesuras junto a los amigos del colegio más elegante de la capital, su juventud y sus primeros amores, las fiestas con las jóvenes de la institución educativa más aristocrática de la nación, donde se graduaban las señoritas que, después de pasar por la mejor universidad privada, hacían su posgrado en Harvard, Yale, Princeton, Pratt o cualquier centro de estudios lo más lejos posible de este país que llamaban un platanal, para llegar a casarse con altísimos ejecutivos que conocían desde la infancia y alcanzar, incluso, los rangos de ministras, embajadoras, vicepresidentas o esposas de los altísimos empresarios como él mismo, porque también vio en las temblorosas llamaradas azules su elegante matrimonio con la distinguidísima dama Ana Fernanda Sinisterra y de Ahumada, quien estuvo a punto de contraer nupcias con el millonario caballero Sebastián de Madariaga, cuya historia, de trágico final, también conocía de primera mano.

Todo parecía el disfrute de los bellos recuerdos de lo que había sido su vida de empresario exitoso, hasta que apareció una sombra monstruosa sobre su cabeza, que lo aterrorizó.

Era un engendro que devoraba la selva. Un espíritu de la ambición y el saqueo de los bosques, que estaba dentro de él mismo. Recordó alguna clase de religión en el colegio, cuando un sacerdote que miraba amenazadoramente decía que los demonios tomaban posesión del cuerpo y la mente sin que uno se diera cuenta. Supo que la gran empresa maderera que dirigía era un largo tentáculo de esa aberración.

Después de haber presenciado tantas alegrías de su pasado y creer que su vida era feliz, el corazón no le aguantó y con un grito ahogado, se desmayó de nuevo. Ese monstruo que vivía dentro de él había crecido poco a poco desde la infancia, cuando en su sofisticada educación le inculcaron la ambición como el máximo valor.

Lo aleccionaron para ser el primero en la totalidad de los campos y llegar como ganador a las metas impuestas por la vida, así tocara pasar por encima de todo y de todos. Empezó con pequeñas trampas desde los años del colegio (*¡Copié en el examen y saqué la mejor nota!*), por la vía de los atajos para arribar antes que los demás (*¡Jamás seré el último!*), triunfando con algunas estafas (*Le pago tanto por hacerme el trabajo de tesis*), esguinces a la ley (*Colabóreme, señor juez, y después nosotros arreglamos*) y utilizando influencias (*¿Usted no sabe quién soy yo?*), hasta que llegó a la cima de su ambición al coronarse como gerente de Amazonas' Fine Woods.

Era un caso muy grave. El curaca lo dejó reposar, asperjándolo con algunas gotas del hisopo de plantas sagradas, hasta que los latidos del corazón y el ritmo de la respiración se regularon y el doctor Pombo entró en un sueño profundo.

El anciano inició un canto aparentemente monótono, acompañado de instrumentos indígenas cuyos sonidos recordaban el fluir del agua, los silbidos y los murmullos de la selva. El curso mágico de las horas en las malocas de las casas sagradas transcurre por caminos diferentes al tiempo de los empresarios: "ustedes tienen los relojes, nosotros tenemos el tiempo", dicen los indígenas.

El canturreo del curaca le reveló al empresario que había sido escogido por Wai Mashé, el *Espíritu del Amazonas,* para que entendiera el canto de la vida, el lenguaje de los animales, las voces de la guacamaya y el paujil, el grito de los monos, el idioma de los jaguares, de los árboles y de los insectos.

Le esperaba un largo aprendizaje con los sabios de la selva. Empezaba una vida nueva, de mucho conocimiento, para estar preparado y contribuir a salvar los animales en peligro.

Capítulo 10

Encuentro de
Taro y Siaky
Los jaguares llegan al refugio.

Después de recoger las jaulas con los dos jaguares, el helicóptero se dirigió hacia las coordenadas sugeridas por el científico, pero al aproximarse, el piloto tuvo que dar varias vueltas sobre el espeso dosel de la selva.

—Es extraño, pero los instrumentos de navegación no funcionan, parece que estamos en un área de interferencia electromagnética —les dijo el coronel Rubiano-Groot al oficial del Ejército Velásquez Román y a Morisukio por el intercomunicador de su casco de piloto.

—Tranquilo, mi coronel, ese es un fenómeno natural en esta zona. Diríjase un poco más al occidente y allí va a encontrar un círculo de arbustos de huitillo, circundado por árboles enormes —propuso el científico, indicando en dirección hacia donde se ponía el sol.

—Bien, doctor, pero esta selva es demasiado espesa... ¿Sí tendremos un espacio lo suficientemente amplio para descender sin contratiempos? —preguntó el piloto, con cierta inquietud.

—¡Allá, a unos 500 metros, se ve un claro! —exclamó en ese momento el coronel Velásquez Román, señalando el jardín del Curupira.

El aparato circundó las copas de los árboles gigantescos, entró en el claro donde solamente crecía el bosquecillo de huitillos y, después de girar levemente, descendió con precisión para depositar las jaulas. Según las instrucciones de Wai Mashé, Curupira había despejado algunos de los arbustos, dejando un espacio donde recibir a los jaguares.

Sin tocar el suelo, el aparato suspendido en el aire descargó con exactitud los huacales. Morisukio se despidió de los dos oficiales, agradeciéndoles el servicio prestado, y luego bajó colgado del malacate de la nave. Enseguida desconectó los ganchos que ataban las jaulas e hizo una señal de despedida.

El helicóptero ascendió despacio, dio un giro hacia el oriente y se enrumbó hacia su base.

—Esos científicos sí son unos tipos muy locos —comentó el coronel Rubiano-Groot—. ¿Qué tal el doctor Morisukio quedándose en medio de la selva con dos tigres enjaulados y en un sitio donde la interferencia electromagnética bloquea las comunicaciones? En caso de emergencia, en ese lugar tan remoto nadie lo va a encontrar.

—Así es, mi coronel, pero debe tener un campamento muy bien organizado, porque cuando se bajó me pareció ver las llamas de una hoguera encendida. Seguramente cuenta con indígenas que le colaboran. Parece un personaje como para uno de esos programas de *Animal Planet* o *National Geographic* —afirmó el oficial Velásquez Román.

El coronel tenía razón. Morisukio no estaba solo, pues la lumbre que le pareció ver al militar era la cabellera flameante del Curupira, que estaba atento a recibirlo con los jaguares. Cuando el sol empezaba a ocultarse, llegó una gran bandada de aves para darles la bienvenida a las fieras. Tan pronto descendieron con sus particulares aleteos, tomaron de nuevo

su forma humana y se saludaron efusivamente los curacas, chamanes, payés, hechiceros, brujos, curanderos, sabedores y portadores del conocimiento, dispuestos a celebrar el rescate de los animales.

—Estimado Morisukio, queridos amigos, los felicito porque han hecho un excelente trabajo —dijo Vai Mashé, el *Espíritu del Amazonas* y *Señor de los animales*, al cambiar su cuerpo de águila harpía por el de Alirio, el anciano curaca líder de la comunidad de São João de Jandiatuba—. Ahora lo que sigue es darles la libertad a los jaguares que estuvieron tan cerca de la muerte y permitirles el encuentro que tanto deseamos todos, de manera que el amor sea el mejor premio en esta bella noche que se acerca con la luna llena.

Todos estuvieron de acuerdo y se acercaron a las jaulas donde Siaky y Taro reposaban tranquilos, a la espera de ser libres, por fin, después de tantos sufrimientos.

El sol se ocultó como arropándose con un manto de arreboles, para darle paso a la oscuridad, que llegó poco a poco con los perfumes y los sonidos de los insectos y los animales de la noche. La luna llena fue abriéndose camino con sus reflejos de plata mientras los salvadores de los jaguares conversaban alrededor de la lumbre de la cabellera de Curupira.

—Es hora de que Taro y Siaky salgan de las jaulas, pues ya hay una penumbra adecuada para que entren en su reino de la noche, como ha dispuesto Madre Tierra para sus hijos los felinos —dijo Vai Mashé, al escuchar cómo empezaban a resonar en la oscuridad los poderosos rugidos de las fieras.

Se incorporó despacio y los demás lo siguieron para ayudarle a Morisukio a quitar los cerrojos de las jaulas y permitir que los jaguares salieran, desperezándose como grandes gatos que ronroneaban de felicidad. Los abrazaron, deseándoles felicidad en la promesa de la vida; se despidieron y volvieron a ser aves de la selva gracias a la magia de Vai Mashé. Luego, se alejaron con su vuelo en todas las direcciones del planeta, iluminado por la luna.

Los jaguares quedaron solos en la libertad de la selva. Las jaulas desaparecieron gracias a las hormigas del jardín del Curupira, que se encargaron de desbaratar los barrotes, el enmallado de acero y los cordámenes de nailon con su poderoso ácido, hasta que no quedó ningún rastro de la ignominia. En ese espacio, volvieron a crecer los huitillos con los domacios, donde se resguardan los tremendos insectos.

Taro se acercó a Siaky cuando el amor inició su llamado. Los dos estaban listos para el encuentro de la felicidad que empezaron a descubrir cuando sus jaulas quedaron adosadas y sobrevolaron la selva inmensa hasta llegar a su destino.

Sus espíritus habían establecido una conexión mágica, un hilo de oro que une con su luz a todos los seres que disfrutan del privilegio de la vida y que en su ansiosa búsqueda llegaron hasta ese mismo jardín para pedir auxilio.

Ese resplandor era el mismo que unía en secreto las escamas de los peces que centellean en el agua mágica del Río Madre con los árboles que esa noche de luna llena empezaron a florecer al paso cauteloso de los amados que caminaban sin hacer ruido por encima de las hojas secas, sin romperlas ni dañarlas, porque gracias al amor retornaban al principio de los tiempos, cuando todo empezó y quedamos separados para quedar marcados por la imperiosa necesidad de volar por el universo en busca del complemento de cada uno.

En la penumbra de esta tenue noche de luna, ellos podían aliviarse de todos los dolores, recuperar la esperanza y, por fin, encontrarse sin afanes en la mágica conjunción de los astros. Igual que las olas de agua dulce de Paranaguazú, *el gran pariente del mar*, recorrían con el viento de un extremo a otro de la gran cuenca, para por fin encontrarse y confundirse con la marejada salina del gran océano en un inmenso, amoroso abrazo.

Después de habitar durante media vida en jaulas estrechas, tras una eternidad de senderos desiguales, moldeados por el sufrimiento, tantas veces desesperanzados mientras las estrellas fugaces, los asteroides, los cometas y las noctilucas recorrían una ruta cuyo destino era este, el escenario preparado para encontrar el amor entre los dos.

Curupira les tenía la sorpresa de un lugar mágico, para que se amaran al atravesar la puerta secreta, que daba a la ciudad perdida de Paititi. Por fin los jaguares podían disfrutar el milagro de la selva iluminada por las algas, los hongos, los musgos, los líquenes y los insectos fosforescentes, preparados durante millones de años como un regalo para este instante del maravilloso encuentro.

Las flores de toda la selva se abrieron para regalar su color y su perfume. Los enamorados tendrían en la noche la luna y en el día el sol que llegaría al amanecer con cantos de aves. Los amorosos calmarían su sed en la fuente del agua sagrada, confiados en que por fin la esperanza había llegado cuando todo parecía imposible. Ahí estaban ellos, felices en la libertad del amor, por fin completos y unidos para siempre, con el universo en su máximo esplendor, con los hilos de la vida conectando árboles y ballenas, flores y rocas, tortugas y pájaros, estrellas y soles, cantos y perfumes.

Pero en medio de la alegría, una tragedia se cernía sobre el corazón de la selva amazónica donde los jaguares habían encontrado el amor y la libertad. En el horizonte, apareció un manto de oscuridad, se acercaba una espesa humareda,

engendrada por un fuego incontrolado que devoraba los bosques, con tentáculos grises que extendían su ponzoña sobre los océanos, las ciudades y los campos, acercándose peligrosamente al espacio sagrado del jardín del Curupira, por donde se podía acceder a la ciudad perdida de Paititi, uno de los grandes misterios del Amazonas.

Capítulo 11

El mal no descansa, se requieren los rescates

Se aclara cómo se movieron los universos para salvar a los animales.

La espesa humareda que se aproximaba a los jaguares enamorados provenía de un engendro incontrolado que devoraba los bosques y extendía sus tentáculos grises que regaban su ponzoña sobre los océanos, las ciudades y los campos. Nada se salvaba y ahora se acercaba peligrosamente al espacio sagrado del jardín del Curupira.

La bestia provenía de las entrañas del doctor Camilo Paulo Pombo cuando los curacas, sabios y chamanes lo exorcizaron. Era el mal que lo agobiaba y crecía con la ambición desmedida de quienes, como él, albergaban pensamientos de rapacidad semejante.

Desde el instante mismo en que contempló su propia alimaña en las llamaradas azules de la fogata en medio de la maloca, supo que era su responsabilidad cambiar el rumbo del destino. Ahora que tenía la posibilidad de ver lo que veía Vai Mashé, el *Espíritu del Amazonas* y *Señor de los animales*, pudo contemplar el territorio sagrado como una gran hoja mordida por los bordes, con la ciudad antes perdida de Paititi y ahora encontrada en el centro de ese territorio que también era parte de su propio cuerpo, compartido a través del aire que respiraba, el agua que le calmaba la sed y el alimento que lo sostenía.

Desde su refugio en la maloca de Ehtámu, *las casas del agua*, del pueblo Wai-Masa donde había sido acogido, Camilo Paulo pudo descorrer el velo del tiempo para ver en el fuego sagrado de la maloca lo que iba a pasar con los jaguares en el futuro. En una desaforada sucesión de imágenes, fue testigo del alegre encuentro de Taro y Siaky con Morisukio, los curacas, chamanes, payés, hechiceros, brujos y curanderos que vinieron a darles la bienvenida en el jardín del Curupira. Los indígenas de sonrisas inocentes, acurrucados como niños contemplando un regalo largamente deseado, miraban a los jaguares que ronronearon como gatos enormes al recibir el saludo de quienes habían hecho tanto por su felicidad.

Vio la despedida de los salvadores que luego emprendieron vuelo transformados en aves, y cómo los jaguares aspiraban el aire perfumado por las flores y las resinas de la selva antes de salir tímidamente de las jaulas, con pasos cautelosos, que ni rompían ni hacían sonar las hojas secas. La dulce Siaky se acercó recostándose contra el hermoso Taro y siguieron la luz de la cabellera de Curupira a través de su jardín.

—Considérense mis invitados y reciban como regalo para su encuentro de esta noche una visita a Paititi.

Con una señal de su mano, se abrió la puerta secreta de la ciudad perdida. Los jaguares franquearon el umbral bajo la luz de la luna y con otro movimiento de su mano la abertura volvió a cerrarse. Ahora solo se veía el bosque de arbustos de huitillo con sus terribles hormigas.

Los jaguares entraron a un lugar mágico, apenas iluminado por el resplandor de las figuras de oro que ahora estaban vivas. Era una selva dorada, llena de pájaros que cantaban entre el follaje; había ríos, pantanos y torrentes de luz, colmados de peces como alguna vez los habían soñado en el

encierro de sus jaulas. Era Paititi antes de quedar oculta durante mil años, resguardada de la ambición humana.

Jugaron en el agua persiguiéndose felices, degustando la felicidad sin afanes entre bosques y colinas, donde inventaron de nuevo todas las estrellas y degustaron los secretos aromas que les traía la brisa del gran río. Se encontraron en el abrazo del amor que sana las heridas que parecían incurables y descubrieron dentro de ellos una fuerza que los hacía invencibles. Tenían el purísimo amor, el secreto de quienes pueden traspasar la puerta cerrada de la ciudad donde se ve el color del canto de los pájaros invisibles.

Camilo Paulo Pombo de Germán-Ribón lo vio todo en el fuego prodigioso de la maloca sagrada. Fue testigo de cómo los jaguares creaban la música de vida que prometía la llegada de una nueva generación de reyes de la selva. Supo que Siaky tendría dos cachorros, uno de ellos mágico, con poderes para comunicarse con Curupira, Vai Mashé, Morisukio y con él mismo.

Cuando disfrutaba de la mayor felicidad viendo el futuro en el velo mágico del tiempo, con las primeras luces del nuevo día sobre el jardín del Curupira, apareció el espectro del fatídico fuego, con toda su carga de dolor y tristeza. Enormes llamaradas devoraban la cuenca de Paranaguazú, *el gran pariente del mar*. Las nervaduras de los afluentes se secaban haciendo agonizar al inmenso Hamza, que circulaba herido bajo la tierra.

Pombo reconoció en el monstruo una parte de sí mismo. Ahí estaba el engendro que le habían sacado los sabios indígenas, pero ahora iba unido a un ejército de espantos provenientes de cazadores furtivos, madereros clandestinos y mineros ilegales que parecían invencibles.

Con pavor, contempló cómo el jardín de arbustos de huitillos era rodeado y cuando Curupira abrió la puerta de la ciudad perdida de Paititi para que huyeran los jaguares, fue hecho prisionero. Adelantó el paso del tiempo para ver cómo los cazadores furtivos, ansiosos por conseguir colmillos de tigre para el mercado de pócimas en China, rastrearon las huellas de los jaguares por la selva hasta que los acorralaron contra el fuego.

En una resistencia desesperada, Taro atacó a los traficantes, sacrificándose para quedar convertido en un jaguar de luz, que desde ese momento protegería a su amada Siaky, guiándola hacia la salvación para que escapara llevando en su vientre la semilla de su descendencia.

El pavoroso futuro posible sería el descubrimiento de la entrada secreta a Paititi, la ciudad perdida, y los buscadores de tesoros procederían a su atroz saqueo y a la profanación de los nichos sagrados, llamados guacas por las crónicas. El Curupira prisionero languidecería amarrado como atracción turística en el mismo Porto Riso, donde tuvieron prisionero a Taro en los oscuros tiempos de la ignominia.

Camilo Paulo Pombo de Germán-Ribón comprendió que ese porvenir jamás permitiría que la humanidad cambiara su manera de relacionarse con la vida, ni se sabría parte de ella, ni mucho menos respetaría la enorme diversidad de animales y plantas que esperaban el cambio de conciencia. Todas las figuras de oro serían fundidas y vendidas en lingotes para ser sepultadas en las bóvedas de los bancos. Se perdería la memoria del universo y eso no podía permitirlo.

Era necesario conocer el pasado, remediar los errores del presente y actuar para que el futuro tomara otro camino. Incluso se arriesgaría a trascender la eternidad para evitar la tragedia que él mismo había engendrado. Debía pedir ayuda

a Vai Mashé para encontrar a Morisukio y encontrarse con él en el jardín del Curupira. El científico de barba blanca tenía el conocimiento para ayudarle a cumplir su misión de alterar el tiempo para evitar la catástrofe.

Vai Mashé, el *Espíritu del Amazonas* y *Señor de los animales*, accedió a la solicitud de su discípulo y llegó hasta la casa del agua como águila harpía y, luego, con el cuerpo del curaca Alirio, le otorgó el aspecto de oropéndola[10], la tejedora de nidos colgantes, para volar en busca de Morisukio con el aspecto de Buteo, el gavilán, hasta el jardín del Curupira.

10La oropéndola del Amazonas (*Psarocolius bifasciatus*) teje nidos colgantes que pueden medir hasta 1,80 m de largo. Su plumaje es verde en el pecho y parte de la espalda; las alas tienen tonos marrones mezclados con los amarillos de la cola.

Capítulo 12

El secreto revelado

De cómo el empresario maderero cambió su destino.

El doctor Camilo Paulo Pombo de Germán-Ribón tuvo una segunda oportunidad cuando la pareja de delfines rosados, enviados por Vai Mashé, el *Espíritu del Amazonas*, lo devolvieron del túnel de la muerte. Luego, a lo largo de muchas lunas, recibió una poderosa limpieza espiritual en ceremonias de purificación con plantas sagradas. Los ancianos indígenas, sabedores y portadores del conocimiento, llegaron uno a uno gracias a la magia que les permitía volar como pájaros, nadar como peces, correr como venados y trepar como micos.

Desde todas las comarcas donde la vida está en permanente peligro, acudieron con sus cantos los más sabios curacas, chamanes, payés, hechiceros, brujos y curanderos. Fueron convocados incluso los jaibanás de los pueblos emberá de la selva, del río y de la montaña, los mamos de la Sierra Nevada y los taitas de los altos Andes.

Camilo Paulo Pombo vivió una verdadera epifanía al recibir la luz de la revelación que le permitió alcanzar la conciencia y comprender la auténtica esencia de las cosas, el sentido de los misterios y su propia unión con la red de la vida.

Una vez liberado del monstruo que cargaba desde la infancia, ese hombre nuevo pudo encontrarse personalmente con Morisukio, el *Amigo del bosque* y con Vai Mashé, el *Espíritu del Amazonas*, en el cuerpo del abuelo Alirio, Curaca de São João de Jandiatuba. Ahora su espíritu y su corazón comprendían con amor y respeto los misterios del agua y las innumerables posibilidades de la trama de la vida.

Cuando pudo vislumbrar la totalidad del universo y se supo parte de la Madre Tierra que pedía ser respetada para poder vivir en paz, pudo ser él mismo y a la vez cada uno de los seres de las casas del agua y de las colinas. Ahora podía ver al manatí como un indígena gordo de temperamento plácido, al pirarucú, al tapir y al jaguar como guerreros fornidos, impetuosos y con una increíble capacidad de lucha. Fue consciente de la necesidad de guardar distancia con las tribus de pirañas que tendían a andar en grupos agresivos y pendencieros, mientras que los delfines eran atletas generosos y los micos se comportaban como muchachos alegres y juguetones. Escuchaba la misteriosa sinfonía de los árboles y los insectos, veía fluir la vida desde el sol hasta los árboles y entre los animales en una secuencia permanente.

Con alas de oropéndola, Camilo Paulo Pombo llegó al jardín de huitillos para encontrarse con Morisukio y explorar juntos la antiquísima ciudad perdida de Paititi, mencionada en un antiguo manuscrito jesuita del siglo XVI. Su secreta puerta de acceso era custodiada por el pequeño Curupira, quien desde tiempos inmemoriales había sido nombrado su guardián por Vai Mashé, el *Espíritu del Amazonas* y *Señor de los animales*.

El empresario y el científico recorrieron los pasillos que se bifurcaban constantemente en la oscuridad, donde habría sido muy fácil extraviarse, de no ser porque los guiaba con seguridad el extraño paso del Curupira, que iluminaba los túneles con las llamaradas de su larga cabellera de alborotados mechones rojos, móviles y fosforescentes, a ratos con verdes visos de fuegos fatuos.

Los dos visitantes observaban atentamente la ciudad subterránea, y hacían cálculos acerca del tamaño colosal de esa estructura y la enorme energía allí acumulada, la cual debía generar una evidente distorsión del campo electromagnético de la Tierra.

—Sin duda, este fenómeno es responsable de que Paititi no haya sido localizada y haya permanecido prácticamente invisible durante cuatro siglos, desde la época de los jesuitas —comentó Morisukio—. Así lo pudimos comprobar cuando trajimos las jaulas con Taro y Siaky, pues bloqueó los aparatos de comunicaciones y los instrumentos de navegación del helicóptero del coronel Rubiano-Groot. Aquí sucede un evento semejante al que se presenta en el Triángulo de las Bermudas del Caribe, donde desde tiempos inmemoriales desaparecen los barcos y se extravían los aviones.

A medida que avanzaban, Morisukio y Camilo Paulo comprendieron que Curupira conocía a la perfección esa ciudad donde las galerías llevaban a inmensos espacios, amplios como catedrales, cuyas paredes estaban llenas de nichos donde brillaban figuras de oro y joyas, elaboradas en la más delicada filigrana indígena, seguramente de inmenso valor, que representaban la infinita diversidad de los habitantes de la selva. Había pájaros, peces, insectos, lagartos, tortugas, serpientes, animales de pelo de tamaño natural, así como la representación de los árboles y plantas del Amazonas. Ese era el tesoro de *El Dorado* tan afanosamente buscado por la ambición humana.

—Los artistas de Paititi debían conocer las más sofisticadas técnicas de fundición del oro y la talla de piedras preciosas —explicó Morisukio, contemplando extasiado las representaciones de hormigas, ranas, monos y roedores que conocía a la perfección por haber estudiado durante toda su vida la biodiversidad de la selva.

El conocimiento universal y enciclopédico del científico le permitió aventurar una arriesgada conjetura sobre la extraordinaria calidad de las numerosas figuras de oro y joyas.

La suposición surgió al descubrir varios modelos de especies extintas, entre ellas el pez graso de la laguna de Tota

(*Rhizosomichthys totae*), que los indígenas muiscas usaban para iluminar lamparillas, ya que su cuerpo rechoncho acumulaba manteca, pero desaparecieron con la introducción de truchas en las frías aguas del gran lago. Lo deslumbró una figura perfecta del pato pico de oro (*Anas georgica niceforoi*), hermosas aves extinguidas totalmente debido a la cacería descontrolada, la desecación de los humedales de la sabana de Bogotá y la traída de cerdos por parte de los conquistadores europeos, que alimentaban sus animales con huevos y polluelos de los millones de patos que anidaban en los juncales.

—¡Un zambullidor andino! ¡Este es el *Podiceps andinus,* una especie única, extinguida para siempre! —exclamó el sabio, mientras lo contemplaba emocionado—. Los tres ejemplares son especímenes perfectos —dijo, con ojo crítico de gran conocedor, como lo aprendiera de su maestro *El mono,* José Ignacio Hernández Camacho, creador de los Parques Nacionales de Colombia.

Analizó las proporciones de los animales, la correlación de las partes anatómicas, la distribución de las plumas, incluso las nombraba a medida que las tocaba: remeras... cobertoras... caudales... y repetía: son admirables... hermosísimas... magníficas... Y ante tales evidencias, se atrevió a proponer una hipótesis:

—La única explicación posible es que esta avanzada cultura conoció los secretos de la unicidad y a la vez el dominio del todo, que otorgan el poder de reacomodar los átomos. Me refiero a las antiguas crónicas que he podido estudiar, en las cuales mencionan a los sabedores que ponían ceniza de árboles sagrados dentro de un cántaro sobrenatural, introducían el brazo hasta la altura del codo y revolvían las pavesas con la mano, mientras recitaban las palabras de la divinidad y ocurría el milagro de crear el objeto. Todas estas figuras son la realidad tangible de la palabra que las nombra, de ahí

su perfección. Ahora duermen su sueño de oro y joyas, pero los átomos prestados a la atmósfera volverán a la naturaleza cuando hayan cumplido su misión.

Curupira les dijo que los tesoros guardados en esas galerías subterráneas eran la sabiduría de una civilización que esperaba el momento apropiado para regresar al mundo de la luz y restablecer el orden quebrantado en el pasado.

—Estos conocimientos serán revelados dentro de mil años, cuando estas figuras se conviertan de nuevo en los seres que cada una representa. Despertarán cuando la humanidad adquiera la capacidad de entender el universo como ustedes y yo hemos aprendido a hacerlo gracias a la generosidad del maestro Vai Mashé, dijo Curupira emocionado.

—Las crónicas afirman que aquí, en Paititi, habitan los poderes de hacer y desear, donde el espíritu ávido de conocimiento encontrará sustento y al poeta que lleve consigo el purísimo amor le será dado franquear la puerta cerrada desde antaño, donde podrá ver el color del canto de los pájaros invisibles —complementó Morisukio.

El doctor Camilo Paulo Pombo de Germán-Ribón tuvo una segunda epifanía al ver las inmensas riquezas que llenaban la ciudad perdida de Paititi. Ahora era discípulo de Vai Mashé y conocía el secreto máximo de la vida. Iluminado por la llameante cabellera de Curupira, se dirigió a Morisukio y le dijo con toda seguridad:

—Maestro, el mejor negocio es cuidar el ambiente.

A continuación, reveló su plan.

El empresario puso su genio empresarial al servicio de la causa natural y con la autorización de Vai Mashé y la anuencia de Curupira, escogieron una prodigiosa serie de colecciones de figuras representativas de la biodiversidad en peligro, para exhibirlas en el mundo entero.

Mediante una estratégica campaña de recolección de fondos a través de plataformas en línea, en las modalidades de *crowdfunding* o financiación colectiva, también llamada micromecenazgo, y Vaki Universal, se recaudó el dinero necesario para que las extraordinarias muestras fueran expuestas en el Louvre de París, el Museo del Prado de Madrid, el Guggenheim de Nueva York, la National Gallery de Washington, el Hermitage de San Petersburgo, el Museo del Oro de Bogotá, el Museo Nacional de Antropología de México D. F., solo por mencionar algunos de los más representativos.

Los hermosos pendones alrededor del mundo eran un llamado universal de alerta a lo que estaba sucediendo en la Tierra, el planeta vivo que moría poco a poco con la fiebre del calentamiento global y el cambio climático.

Las exposiciones generaron un inmenso capital que Morisukio se encargó de administrar para desarrollar los programas de salvamento de los jaguares Taro y Siaky, siempre manteniendo la incógnita de quién era el personaje, o los financistas que creaban zonas de protección y programas de reforestación, restauración, educación ambiental, manejo de la sustentabilidad con creatividad para beneficio de las comunidades y sus nuevas generaciones.

Se recaudó una fortuna sin influencia alguna de dineros del narcotráfico o tráfico de estupefacientes y sustancias prohibidas, el contrabando, la trata de personas, el comercio de fauna silvestre, la minería ilegal, la extracción ilícita de madera de las zonas protegidas de los Parques Nacionales creados por *El mono* Hernández y cuya defensa cobró las vidas de tantos líderes ambientales, como Melquisedec, el querido *Melco*

Fernández Molano y Javier Francisco Parra, sacrificados por defender Caño Cristales, el río de colores, en la Serranía de la Macarena del departamento del Meta, en la lejana república de Colombia; o como Luis Arango, el líder de los pescadores del Río Magdalena y tantos otros que llenarían una lista interminable.

Entre Morisukio y el doctor Pombo de Germán-Ribón lograron desviar ese camino de la tragedia que iba a ocasionar la muerte del jaguar y el saqueo de Paititi. Momentáneamente, se logró cambiar el rumbo del destino de manera que las colecciones de piezas de oro y joyas salieron de Paititi y allí mismo regresaron sin haber sido fundidas y convertidas en lingotes, como desafortunadamente sí sucedió con los tesoros aztecas, incas, mayas, muiscas, quimbayas y del Sinú.

Era necesario hacer un alto en el camino, y el vocero del nuevo pensamiento sería el hombre que volvió después de haber estado desaparecido largo tiempo.

Noticia de última hora

24 ¡MILAGRO!

APARECE VIVO EJECUTIVO PERDIDO EN EL AMAZONAS

Camilo Paulo Pombo de Germán-Ribón sobrevivió en la jungla rescatado por una comunidad indígena. Tenemos todos los detalles de la extraordinaria odisea.

Nuestros corresponsales en Iquitos, Leticia y Manaos reportan que en el poblado brasileño de São João de Jandiatuba fue encontrado el doctor Camilo Paulo Pombo de Germán-Ribón, alto directivo del gran proyecto Amazonas' Fine Woods, quien había desaparecido hace varios meses. Pombo fue dado por muerto e incluso se celebraron ceremonias de honras fúnebres en la Catedral Primada de Bogotá, Colombia, país de donde es oriundo el alto ejecutivo de la industria maderera.

El empresario, visiblemente transformado, con la piel bron-
ceada, el pelo largo y la barba copiosamente poblada, fue
sometido a un chequeo médico reglamentario en el centro
de salud del pequeño puerto, a donde llegó en compañía del
curaca Alirio, primera autoridad del caserío, y del científico
Morisukio, quien le facilitó un teléfono satelital para que se
comunicara con su familia.

Su primera llamada telefónica fue para su esposa, doña Ana
Fernanda Sinisterra y de Ahumada, quien afirmó que nunca
había perdido la esperanza de encontrarlo vivo y consideró
su regreso como un verdadero milagro del cielo.

Una vez divulgada la buena nueva por las redes de Internet,
el gobierno colombiano gestionó el traslado del doctor Pombo y del científico Morisukio a la ciudad de Manaos, donde
fue recibido por el cónsul, quien organizó una rueda de prensa en la cual se hicieron presentes los periodistas de medios
nacionales e internacionales, así como los representantes de
las autoridades locales colombianas y brasileñas.

Ante la insistencia de los reporteros por saber detalles de su
odisea, el doctor Pombo de Germán-Ribón fue enfático en
declarar que estaba "en deuda con la comunidad indígena
de Mocagua, de la cual el doctor Morisukio, científico aquí
presente, es miembro honorario y quien jugó un papel fundamental en mi rescate".

Relató su salida en la motonave Pirarucú con el piloto y el técnico náutico, y asumió la responsabilidad del desafortunado accidente debido a su insistencia por partir, a pesar de las advertencias de los empleados de la empresa de transportes náuticos.

De manera general, explicó que estuvo a punto de morir,
pero había sido rescatado —no mencionó los delfines— por
indígenas que con su conocimiento de plantas ancestrales le

habían salvado la vida en una gran maloca —no mencionó a Ethámu, *las casas del agua*— y que al recuperar la salud había quedado totalmente incomunicado, lo cual aprovechó para participar en la vida de la comunidad y obtener grandes aprendizajes, sin mencionar sus encuentros con chamanes, curacas, payés y demás sabios.

Hizo algunas referencias breves sobre algunos aspectos de la flora y la fauna amazónicas, aunque sin entrar en mayores detalles, ni mencionar a Paititi, la ciudad perdida, hasta cuando tuvo su encuentro con el doctor Morisukio, científico investigador con quien desde entonces lo une una gran amistad.

Interrogado por la prensa internacional acerca del futuro inmediato con la empresa maderera, afirmó que solicitará a la junta directiva un año sabático para reflexionar, pues el tiempo pasado con los indígenas que lo rescataron le permitió reconsiderar muchos aspectos de su vida.

Declaró que había sido un período de profundo aprendizaje y especialmente de encuentro con una visión del mundo radicalmente diferente a la que él había tenido desde la infancia, la juventud, los años de universidad y su desarrollo profesional en la empresa maderera.

—Estoy considerando dar un giro radical hacia el ámbito de la sustentabilidad, bajo un nuevo lema corporativo: "el mejor negocio es cuidar el ambiente", pues las industrias en general deben reorientar sus propósitos, ahora que el mundo es consciente de la realidad del calentamiento global y el cambio climático. La Tierra está al borde del colapso y nos enfrentamos incluso a una extinción masiva si no cambiamos el ritmo de vida que tenemos actualmente.

Una vez finalizada la rueda de prensa, el doctor Pombo fue llamado personalmente por el presidente de la República para felicitarlo por su regreso y para informarle que el avión presidencial había sido enviado para recogerlo directamente en el Aeropuerto Internacional Eduardo Gomes, de la ciudad de Manaos.

El empresario debía justificar ante los nueve países de la cuenca amazónica —Brasil, Bolivia, Perú, Ecuador, Colombia, Venezuela, Guyana, Guayana Francesa, Surinam— y el resto del mundo, que la selva en pie garantizará la vida de la humanidad. Como industrial, tenía los elementos necesarios para demostrar al planeta que la biodiversidad magnífica de estos suelos americanos es más valiosa que todas las acciones de las bolsas y mercados de valores, porque lo que está en juego es la existencia misma de la comunidad planetaria.

Con el nuevo lema para la empresa maderera, se proponía argumentar que una zona de selva protegida es más rentable si vende oxígeno, agua, paisaje, turismo; si permite la investigación para encontrar nuevos alimentos, medicamentos y logra ofrecer paz, para que quien llegue con el alma atribulada se cure mirando el río, los arreboles del atardecer, pruebe las frutas de sabores nunca imaginados, escuche la música de los árboles y aprecie el color del canto de los pájaros invisibles.

Epílogo

En la sala de espera del aeropuerto de Manaos, el doctor Pombo y Morisukio acordaron continuar manteniendo en secreto la identidad del filántropo que se volvió famoso internacionalmente por el rescate de los jaguares, la recaudación internacional de fondos, vía *crowdfunding* y Vaki para la exhibición de las piezas de oro en los museos más connotados del mundo, sin que se supiera que eran parte del tesoro de Paititi.

La empresa cambiaría su nombre a Living woods from the Amazon (Maderas vivas del Amazonas), expandiendo sus zonas de reserva y aprovechamiento sustentable de los recursos de la selva a zonas claves de los nueve países de la cuenca del gran río.

El científico Morisukio sería el director general del proceso de restauración, encargándose de los programas de reforestación y regeneración de las áreas degradadas alrededor de Ëthëngë, *las casas de las colinas*, y de Ehtámu, *las casas del agua*, los lugares sagrados que dan vida al Río Madre. Los bordes de la gran hoja carcomida por los devastadores engendros se recuperarían con especies nativas protectoras, productoras y de doble utilidad, a cargo de las comunidades indígenas organizadas para la administración de sus territorios ancestrales, con proyectos de rescate de fauna silvestre y planes de educación ambiental integral para las nuevas generaciones.

El doctor Camilo Paulo Pombo de Germán-Ribón y su esposa, doña Ana Fernanda Sinisterra y de Ahumada, se fueron a vivir a un refugio secreto, muy parecido a la casa de Morisukio en la gran higuera amazónica, a la cual se accedía por varias escaleras. Era un albergue selvático, imposible de localizar en el Amazonas, por ser en las proximidades del jardín de huitillos, donde tuvieron acceso a toda la magia de Paititi y a la protección de Curupira, quien se volvió el gran amigo de los pequeños Camilo y Fernanda, los hijos de la familia Pombo-Sinisterra.

Reflexión final

Palabras del abuelo Alirio, curaca y primera autoridad del poblado de São João de Jandiatuba.

Soy un indígena amigo del maestro Morisukio, con quien hemos aprendido muchas cosas a lo largo de la vida en la selva. Él, por el lado de su ciencia, y yo, por el lado de mi espíritu en el río y en los bosques, hablamos mucho frente al fuego durante el tiempo que ustedes llaman días y nosotros nombramos lunas.

Alcanzamos acuerdos en algunas cosas. Decimos: la humanidad debe hacer un alto en el camino, porque por ir cada vez más rápido y con mayor afán, no ve el daño que deja tras ella. No siente el dolor de la gente, menos siente el de los animales, el de los árboles o el del río. Ve por sus aparatos el sufrimiento de los jaguares y no comprende la relación con el fuego que devora los bosques en todo el planeta.

Decimos: aunque en el Polo Norte y en el Polo Sur no hay selvas para quemar, sí se derrite el hielo y suben las aguas del mar hasta hacer desaparecer las pequeñas islas que parecían paraísos, y la gente debe huir nadando.

Decimos: los osos polares que vivían sobre el agua congelada se quedaron sin hogar y están hambrientos; los hemos visto escarbar buscando sobras de comida en los basureros de los andurriales de Alaska, Rusia y Canadá.

Decimos: los mares se calientan y los corales pierden sus colores y se blanquean, se acaba la pesca y el océano camina tierra adentro. Pronto, la Sierra Nevada de Santa Marta, Chundúa, *la Nevada*, Citurna, *la montaña entre las nubes,* quedará como una isla en medio del extendido Caribe.

Decimos: cambian los paisajes y con ellos las costumbres de la gente. Ellos todavía se preguntan: ¿Por qué, Dios mío? ¿Por qué nos pasa esto a nosotros, si no hemos hecho nada? ¿Por qué? ¿Por qué?

Hemos oído a quienes vienen de las grandes ciudades y dicen: ¿Por qué, Dios mío?, si cumplimos con las cuotas del carro y pagamos los servicios puntualmente, y comemos carne de reses criadas donde antes había selvas y las fritamos con manteca de palma aceitera, venida del África, sembrada donde antes había junglas ubérrimas y llanuras de pasmosa biodiversidad hoy perdida...

¿Por qué? ¿Por qué, Dios mío, tenemos que presenciar desastres de ríos desbordados en países donde la vida era tan sabrosa y llena de comodidades? ¿Por qué si en los mercados encontramos alimentos frescos, frutos uniformes, lindos, venidos de cultivos llenos de venenos, recogidos bajo los rayos del sol por inmigrantes ilegales y espaldas mojadas, que abandonan sus países, saqueados por las grandes industrias para que otros tengan un exceso de bienestar...?

Exclaman: ¿Por qué, Dios mío, hay tanta violencia si somos seres pacíficos y, sin embargo, siempre hay guerra? ¿Por qué Dios mío, donde nunca pasa nada, de pronto aparece algún fanático o un desequilibrado que compra un arma y se mete en una escuela, un asilo, una tienda, un templo, o se trepa a un cuarto de hotel y dispara hasta que la policía lo acribilla y muere con una sonrisa porque cree haberse vengado de su propia rabia?

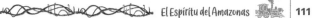 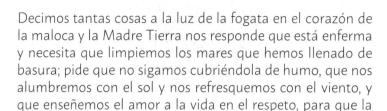

Decimos tantas cosas a la luz de la fogata en el corazón de la maloca y la Madre Tierra nos responde que está enferma y necesita que limpiemos los mares que hemos llenado de basura; pide que no sigamos cubriéndola de humo, que nos alumbremos con el sol y nos refresquemos con el viento, y que enseñemos el amor a la vida en el respeto, para que la alegría alcance para todos.

Esas son las palabras que decimos para que ojalá alguien las escuche.